Cathia Dalil

Ce livre appartient à   Mlle R. Medhat

Québec 2016.

Anguille

ÉCOLE DEGRASSI

Anguille

Susin Neilsen

Traduit de l'anglais par
DOMINIQUE CHAUVEAU

Données de catalogage avant publication (Canada)

Nielsen, Susin, 1964-
[Snake, Français]
Anguille

(École Degrassi)
Traduction de: Snake.
Pour les jeunes.

ISBN: 2-7625-7172-3

I. Titre. II. Titre: Snake. Français. III. Collection.

PS8577.I37S6314 1992   jC813'.54 C92-096998-4
PS9577.I37S6314 1992
PZ23.N53An 1992

Cette traduction a été possible grâce à une subvention du Conseil des Arts du Canada.

Snake
Copyright © 1991 by Playing With Time Inc.,
Publié par James Lorimer & Company, Publishers, Toronto, Ontario

Version française
© Les Éditions Héritage Inc. 1993
Tous droits réservés

Dépôts légaux: 1er trimestre 1993
Bibliothèque nationale du Québec
Bibliothèque nationale du Canada

ISBN: 2-7625-7172-3   Imprimé au Canada

Photo de la couverture: Janet Webb

LES ÉDITIONS HÉRITAGE INC.
300, Arran, Saint-Lambert, Québec J4R 1K5
(514) 875-0327

Ce livre est basé sur les personnages et le scénario de la série télévisée «Degrassi Junior High». Cette série a été créée par Linda Schuyler et Kit Hood pour «Playing With Time Inc.», sous la supervision de Yan Moore, auteur.

C'est autre chose et c'est tant mieux.

N'oublie pas de regarder l'émission Degrassi à Radio-Québec ainsi qu'à TV Ontario.

CHAPITRE 1

Tap, tap, tap. Tap, tap, tap. Anguille dribblait le ballon de basket d'une extrémité à l'autre du terrain, essayant de le maintenir aussi bas que possible et de se concentrer seulement sur ses mains et sur ses pieds. « Du contrôle, se répétait-il sans arrêt. Garde le contrôle. »

L'entraîneur aimait bien ce mot. Du reste, aux deux dernières séances d'entraînement, il leur avait expliqué :

— Si vous gardez le contrôle, pas juste sur le ballon mais sur votre esprit et votre corps, vous ne pouvez pas perdre.

Certains jeunes se moquaient des conseils de l'entraîneur Singleton qu'ils trouvaient dépassé, mais Anguille, lui, sentait qu'il comprenait. C'était pleinement possible d'avoir le contrôle sur le terrain. Il le savait. Cela lui était déjà arrivé. Jamais bien longtemps, cependant ; parfois juste quelques minutes avant qu'un autre joueur se saisisse du ballon ou jusqu'à ce qu'Anguille perde sa concentration. Mais quelle sensation merveilleuse, le temps que ça durait !

Anguille savait que ça exigeait beaucoup d'entraînement. Mais c'était au moins un but qu'il pouvait se fixer. Un but possible à atteindre.

« Si seulement la vie pouvait être comme ça », pensa Anguille en bondissant dans les airs, le corps arqué, tenant le ballon bien haut au-dessus de sa tête avant de l'envoyer adroitement dans le panier. « Si seulement il suffisait de beaucoup d'entraînement pour avoir le contrôle de sa vie. » Mais c'était tellement différent. Beaucoup trop de facteurs externes, d'inconnus, de surprises qui n'attendaient qu'à lui sauter dessus à chaque tournant entraient en jeu. C'était injuste. Au moment où son secondaire III commençait à prendre tournure, une de ces surprises désagréables devait lui tomber dessus.

Anguille jeta un coup d'oeil à l'horloge accrochée bien haut sur le mur opposé du gymnase. Huit heures et demie. Encore une demi-heure avant le début des cours. Habituellement, il arrivait à l'école à la toute dernière minute et devait toujours courir pour ne pas être en retard en classe. Anguille n'était pas matinal.

Mais ce matin, rien n'était pareil. Incapable de dormir, Anguille s'était levé à six heures, s'était vêtu sans faire de bruit, avait pris son sac de gym et ses livres de classe et était sorti sur la pointe des pieds, sans même déjeuner. Il s'était rendu à la plage où il avait arpenté la promenade de long en large pendant plus d'une heure avant de rebrousser chemin et de se diriger vers l'école.

Anguille pensait à une autre chose que l'entraîneur avait dite lors de leur première séance d'entraînement en tant qu'équipe de basket-ball junior de Degrassi, le vendredi d'avant.

— Rappelez-vous que faire partie d'une équipe, c'est comme faire partie d'une grande famille. Il y aura probablement des disputes, des divergences d'opinion — comme il y en a dans toutes les familles. Mais vous devez être dévoués et d'un grand soutien pour chacun des membres de cette famille. Si quelqu'un chez vous a un problème ou tombe gravement malade, qu'arrive-t-il ? Toute la famille fait l'impossible pour l'aider. Ce devrait être la même chose ici. Sinon, la famille — cette équipe — s'effondrera.

Anguille avait alors très bien compris le message. Mais maintenant qu'il réfléchissait aux paroles de l'entraîneur, il pensait que le message était trop simpliste. Que fallait-il faire quand un membre de la famille annonçait aux autres membres une nouvelle tellement horrible qu'elle en coupait le souffle ? Quelque chose de si incroyable que jamais, au grand jamais, il ne serait possible qu'on vienne en aide à cette personne ?

Anguille lança le ballon vers le panier, en le manquant de beaucoup, cette fois-ci. Il connaissait la réponse.

La famille se désagrégerait.

Mais la faute ne revenait pas toujours à la famille. Une seule personne pouvait parfois porter tout le blâme.

Tap, tap, tap. Anguille se mit à descendre le terrain en dribblant vivement et furieusement, grinçant des dents, respirant lourdement. Bien qu'épuisé et sachant qu'il devait s'arrêter, il ne pouvait s'y résigner. Il visa de nouveau le panier et le rata encore une fois.

— Merde ! siffla-t-il entre ses dents en reprenant le ballon et en recommençant.

Il arrivait parfois à Anguille de ne pas croire qu'il avait réussi à faire partie de l'équipe. Il devrait améliorer son jeu s'il ne voulait pas être renvoyé après le premier match.

C'était tellement important pour lui, de jouer. Il n'avait jamais vraiment excellé en sports, mais à cause de son frère, faire partie de l'équipe de basket de Degrassi était devenu son rêve.

Lorsque Anguille se remémorait ses essais de l'an dernier, il avait envie de rentrer sous terre. Ç'avait été épouvantable. Comme il s'était senti humilié en se rendant compte qu'il n'avait pas passé du premier coup. Un gros zéro ! Les paroles que son frère lui avait dites lorsque Anguille l'avait rejoint à la résidence universitaire, ce soir-là, résonnaient encore à ses oreilles.

— Lorsque je serai à la maison, cet été, je t'enseignerai tout ce que je sais. Ils mourront d'envie de t'avoir dans leur équipe, l'an prochain.

Guillaume avait tenu sa promesse. Pendant l'été, Anguille et son frère avaient joué presque tous les jours. Au début, Anguille n'avait pas l'impression de faire de progrès ; puis, un jour, il avait fait une percée. Tout ce que Guillaume lui avait enseigné semblait prendre forme et Anguille avait finalement senti qu'il comprenait le jeu de basket-ball.

En voyant son nom sur la liste de l'équipe, la semaine dernière, Anguille s'était senti transporté. La première chose qui lui était venue à l'esprit avait été de téléphoner à son frère. Mais il n'avait pas réussi à le joindre, ce soir-là. Anguille avait donc essayé le lendemain soir. Puis le surlendemain.

— Il n'est toujours pas là, lui répondit une voix à l'autre bout du fil.

— Savez-vous où je peux le trouver ?

— Non.

Hier, après une deuxième séance d'entraînement éreintante, Anguille avait quitté le gymnase avec quelques coéquipiers. Tous savaient qui était son frère. La photo de Guillaume était suspendue dans le couloir, à l'extérieur du vestiaire, parmi celles des autres jeunes sportifs de l'école qui avaient gagné des trophées au fil des ans. Lorsque Guillaume était encore à Degrassi, il avait été élu Meilleur Joueur de l'équipe de basketball, deux années consécutives.

— C'est lui qui a manifestement tout le talent dans votre famille, avait blagué Luc tandis qu'ils se dirigeaient vers la sortie.

— Ha, ha ! avait fait Anguille.

Mais d'une certaine façon, Luc avait raison. Guillaume semblait avoir beaucoup de facilité là où Anguille devait faire des efforts. En plus d'avoir toujours les meilleures notes en classe, Guillaume était un excellent athlète. En fait, tout ce qu'il touchait semblait se transformer en or.

Et pour couronner le tout, Guillaume était un bon frère. Anguille pouvait toujours compter sur lui lorsqu'il en avait besoin. Jusqu'à hier encore, Anguille avait rêvé de lui ressembler en tout point.

— Et il a aussi le physique! s'exclama Benoît, en jetant un coup d'oeil à la photo devant laquelle il passait.

— Depuis quand t'intéresses-tu à mon physique? demanda Anguille.

Benoît laissa retomber son poignet et se mit à se pavaner dans l'entrée.

— Depuis que j'ai décidé que j'étais homo, dit-il d'une voix aiguë.

Les gars éclatèrent de rire en sortant. Anguille jeta d'un geste désinvolte son bras autour des épaules de Luc et zézaya, tandis qu'ils atteignaient les marches d'en avant:

— Si je ne sortais pas déjà avec Luc, j'aimerais sûrement avoir la chance de mieux te connaître.

Luc se défit de l'étreinte d'Anguille et le repoussa.

— Fiche le camp, espèce de pédé! cria-t-il en feignant d'être horrifié.

Soudain, une voix s'éleva du terrain de stationnement.

— Hé, Archie!

Anguille se retourna. Seuls les membres de sa famille l'appelaient par son nom de baptême. Une jeep d'un noir brillant était arrêtée, le toit baissé malgré la fraîcheur des derniers jours d'octobre. Guillaume, son frère, était au volant.

— Regardez-moi ces roues! siffla Benoît.

— Viens! s'écria Guillaume. Je te raccompagne à la maison.

— Est-ce qu'on peut faire un tour? supplia Luc.

— Désolé, les gars, répondit Anguille en se dirigeant vers le terrain de stationnement, un sourire inondant son visage. Une autre fois, peut-être.

— Où étais-tu passé? demanda-t-il en sautant dans la jeep aux côtés de Guillaume. J'ai essayé de te téléphoner pour te prévenir que je fais partie de l'équipe.

Guillaume se mit à rire.

— C'est fantastique, Archie!

Il se pencha et serra son frère contre lui.

— C'est une nouvelle fantastique, répéta-t-il.

— Dis-moi, pourquoi n'es-tu pas à l'université? Tu n'as pas de cours?

— Les cours ont été annulés pour quelques jours, répondit Guillaume avec un petit sourire pincé.

Quelque chose dans la voix de Guillaume rendait Anguille mal à l'aise.

— Tu n'as pas abandonné, n'est-ce pas? s'inquiéta Anguille.

— Non. J'aime mes cours. Je veux toujours devenir médecin et mes notes sont excellentes.

— C'est si bon de te voir! s'exclama Anguille.

Guillaume était parti de chez eux depuis un an déjà pour aller étudier à l'université, mais son absence pesait encore à Anguille. La maison était beaucoup trop grande et trop silencieuse sans son frère.

En quelques minutes, Guillaume et Anguille arrivèrent à la maison. C'était une grande bâtisse ancienne, bien entretenue et confortable, située à l'extrémité est de Toronto. Une voiture était stationnée dans l'entrée. Lorsque Guillaume éteignit le moteur, Anguille s'apprêta à descendre.

— Maman est arrivée, s'écria-t-il. Elle va être tellement surprise.

Mais d'un geste, Guillaume arrêta son frère.

— Attends.

Anguille se réinstalla sur le siège du passager. Il avait raison. Quelque chose clochait.

— Qu'y a-t-il?

— Les cours n'ont pas été annulés. Ce n'est pas pour cette raison que je suis venu. Je veux dire à papa et à maman… et à toi, aussi… que je déménage du dortoir.

— Ah, oui! fit Anguille en haussant les épaules.

— Oui! J'emménage avec quelqu'un dans un très joli appartement au centre ville de London. Nous avons l'intention de faire beaucoup de choses ensemble. C'est quelqu'un qui m'est très cher.

Soudain, tout s'éclaira pour Anguille. Il afficha un large sourire et donna une grande tape dans le dos de son frère.

— Oh! je comprends. Tu emménages avec une fille, n'est-ce pas? Eh bien, maman et papa n'aimeront pas ça, mais ils s'y feront.

— Non. J'emménage avec un gars. Il s'appelle Greg.

— Et alors?

— Il est homosexuel.

Anguille grimaça. Un pédé? Son frère allait partager une salle de bains, des assiettes, un téléviseur avec ce genre de type? Il serait obligé de parler à… un pédé? Ça ne plairait pas à ses parents, il en était certain.

— Pourquoi déménages-tu avec un de ces types?

— Parce que je suis homosexuel, moi aussi.

Tout d'abord, Anguille se mit à rire.

— Tu blagues, n'est-ce pas?

Mais Guillaume était visiblement très sérieux.

Anguille dévisagea son frère, puis détourna son regard. Avant que ni l'un ni l'autre n'ait le temps d'ajouter quoi que ce soit, leur mère surgit sur le pas de la porte.

— Guillaume! Il me semblait bien t'avoir entendu, aussi! Que fais-tu ici? Entre!

Elle s'approcha de la jeep, les bras grands ouverts.

— J'espère que tu peux comprendre, murmura très bas Guillaume à Anguille avant de descendre et d'embrasser leur mère.

Complètement abasourdi, Anguille resta assis sur le siège de la jeep, tandis que son frère et sa mère entraient dans la maison.

Quoi? Quoi?

Il resta là jusqu'à ce que sa mère ouvre de nouveau la porte.

— Archie Simpson, qu'est-ce que tu fais à rester assis comme ça? Tu vas prendre froid. Entre et viens parler avec ton frère.

Anguille était entré, mais il n'avait pas dit un seul mot à Guillaume. Et la soirée s'était déroulée de mal en pis.

De toutes ses forces, Anguille lança le ballon contre le mur du gymnase au moment où la cloche sonnait.

— Vlan!

Il entendait encore les paroles de Guillaume.

— J'espère que tu peux comprendre.

Anguille se dit, en se dirigeant vers le vestiaire, qu'il ne comprenait pas. Ne comprenait pas du tout.

CHAPITRE 2

Le lendemain matin, Anguille était couché, encore tout somnolent, les couvertures remontées jusqu'au menton. De nouveau, il avait peu dormi, et il aurait aimé rester au lit. D'autant plus qu'il devinait, en regardant par la fenêtre, qu'une journée d'automne froide et grise s'annonçait.

Un coup frappé à sa porte le réveilla complètement.

— Archie, debout! tonna la voix de son père à travers la porte.

Même lorsqu'il parlait tout bas, son père avait une de ces voix qui semblait porter à des kilomètres à la ronde.

— Tu vas être en retard à l'école.

— D'accord, d'accord, répondit Anguille.

— Je dois y aller. Je te verrai ce soir.

Anguille pensa que cela lui faisait un poids de moins à supporter. La seule pensée de déjeuner avec ses parents suffisait pour le chavirer. Deux jours s'étaient écoulés depuis la visite de Guillaume, mais personne n'avait discuté de ce qui s'était passé.

Anguille s'obligea à se lever et fouilla dans ses

19

tiroirs pour trouver un caleçon et un t-shirt propres.

Voyant son image dans le miroir au-dessus de la commode, il ne put s'empêcher de grogner. Quelle vision! À quatorze ans, il mesurait près de deux mètres. Certains gars devaient penser que c'était un avantage, mais Anguille n'était pas de cet avis. Ce serait bien différent s'il avait le corps pour aller avec sa taille. Anguille examina son corps efflanqué et blême, puis soupira. Des taches de rousseur couvraient presque chaque parcelle de sa peau et ses cheveux étaient roux. Sa mère disait qu'ils étaient «blond vénitien», mais Anguille, lui, les trouvait roux.

Anguille était certain que Benoît ne blaguait qu'à moitié en disant que Guillaume était celui qui avait le plus beau physique dans la famille. La seule similitude entre les deux frères était la taille. Lorsque Guillaume avait l'âge d'Anguille, il était tout aussi grand que lui, mais son corps était solide et musclé. Il avait le teint bronzé, sans taches de rousseur, et des cheveux brun foncé ondulés.

On aurait dit que le téléphone n'arrêtait pas de sonner du temps où Guillaume était au secondaire. Anguille revoyait sa mère appelant du bas de l'escalier:

— Guillaume, c'est Irène; ou Guillaume, c'est Andréa; ou encore Guillaume, c'est Janice.

— Tu as vraiment le tour avec les femmes, disait alors leur père à Guillaume en secouant la tête. J'aimerais pouvoir en tirer tout le crédit, mais tu ne tiens pas de moi sur ce point.

Anguille s'éloigna du miroir. Quelle ironie. Si seulement il avait la moitié du succès que Guillaume avait auprès des filles.

Ce n'était pas juste une question de physique. Guillaume était charmant, prévenant, drôle, ouvert. Anguille était tout le contraire : timide, maladroit, et très renfermé. Anguille se souvenait à quel point, l'an dernier, Joey, Louis et lui avaient rêvé d'être enfin en secondaire III, persuadés qu'ils seraient les rois. Mais maintenant qu'il y était, il y voyait peu de différence. Bien sûr, il faisait partie de l'équipe de basket-ball, mais en dehors de ça, le secondaire III ne lui avait apporté que plus de confusion.

Sa mère l'appelait « le grand sensible ».

— Archie a toujours été le plus sensible de la famille, disait-elle.

Comme Anguille détestait ce mot !

— Ne me dis plus jamais ça ! avait-il crié la dernière fois que sa mère l'avait traité de « grand sensible ».

— Mais, Archie, c'est un compliment. Il n'y a rien de mal à être sensible.

C'est vrai. C'était facile à dire pour sa mère. Au moins avait-elle la décence de ne pas le traiter de « grand sensible » devant ses amis.

Le pire, dans tout ça, c'était qu'Anguille savait que sa mère avait raison. Étant plus jeune, il ne s'était jamais mêlé aux jeux brutaux auxquels s'adonnaient les garçons de son âge. Il préférait lire ou jouer avec les filles. La cruauté, quelle qu'elle soit, le rendait malade. Il se souvenait d'un jour où il s'était précipité en larmes chez lui parce qu'un de ses voisins l'avait convaincu d'attraper des mouches en prétextant vouloir les étudier pour un genre d'expérience scientifique. Mais une fois les mouches attrapées, le petit voisin leur avait arraché les ailes une par une.

Maintenant, à quatorze ans, Anguille ne pouvait toujours pas supporter que quelqu'un soit harcelé. Lorsqu'on l'insultait ou qu'on se moquait de lui, il en demeurait blessé pendant plusieurs jours.

« Regardons les choses en face, se dit-il. Tu es une mauviette. »

Anguille trouva des vêtements propres qu'il enfila en prenant tout son temps. Il ne voulait pas sortir de sa chambre avant que son père ne soit parti. En entendant la porte claquer, il agrippa son sac de gymnastique et descendit.

Au dîner, Anguille se fraya un passage à la cafétéria, cherchant ses amis du regard. La pièce était bondée, regroupant des élèves des secondaires I, II et III. L'année précédente, certains jeunes, avides de changer d'endroit, avaient été furieux lorsque le principal avait annoncé que les secondaires III resteraient dans la même aile de l'école. Mais cela n'avait pas trop déçu Anguille. En fait, il en avait même été soulagé. Il s'y sentait au moins chez lui.

— Hé, Louis. Est-ce que tu connais ce gars ?

— Je ne sais pas, Joey... Ses taches de rousseur me semblent familières.

— Très drôle, dit Anguille.

Il se laissa tomber sur une chaise en face de ses

deux meilleurs amis, à une table presque tout au fond de la cafétéria. Son plateau était bien rempli : l'assiette de poisson, un grand verre de chocolat au lait, une pomme et un gros biscuit aux grains de chocolat. Anguille avait toujours faim. Il avait beau manger sans arrêt, jamais il ne prenait un gramme.

— Je suis sérieux, poursuivit Joey. On ne t'a presque pas vu, ces deux dernières semaines.

— Je sais, admit Anguille. Et vous devrez vous y habituer. Je me retire de la partie jusqu'à la fin de la saison de basket-ball.

— Je n'arrive pas à croire que tu préfères ce sport stupide à jouer dans notre groupe, soupira Joey en secouant la tête.

— Ce n'est pas parce que tu es nul en sport que tout le monde l'est, fit remarquer Louis à Joey, pour plaisanter.

— Ne vous inquiétez pas, prévint Anguille. Dès que la saison de basket-ball sera terminée, je consacrerai tout mon temps libre au fameux groupe *Zit Remedy*.

Les *Zit Remedy* était le groupe de musique qu'ils avaient fondé, tous les trois, l'année précédente. Joey jouait du clavier ; Louis, de la basse ; et Anguille, de la guitare.

— Bonjour, Anguille, dit une voix de fille.

Anguille leva les yeux et aperçut Mélanie, une fille de secondaire II. À treize ans, Mélanie n'avait pas encore commencé à se développer. Elle était aussi maigre qu'un cure-dents et avait de longs cheveux bruns et raides qu'elle ramassait en une queue de cheval ébouriffée. Elle était loin d'être une beauté fatale, mais Anguille aimait beaucoup son sourire.

— Bonjour, Mélanie, répondit-il. Comment se comporte l'équipe de natation?

— Super, répondit-elle. Nous sommes vraiment très fortes, cette année.

— Tu es trop modeste. Tous le monde sait que tu es la meilleure.

Anguille eut l'impression de voir le visage de Mélanie rosir légèrement.

— Qu'est-ce que tu lis? demanda-t-elle en montrant le livre qu'Anguille avait enfoui dans sa poche arrière.

— *Catcher in the Rye.*

— J'aime bien ce livre.

— Moi aussi, fit Anguille. Je l'ai déjà lu l'an dernier, mais je dois le relire pour mon cours d'anglais.

— J'aimerais que ma vie soit aussi excitante que celle de *Holden Caufield.*

— Oui, sans les problèmes.

— Exactement, fit Mélanie en souriant.

Soudain, Anguille se rendit compte que ses amis le regardaient d'un drôle d'air. Il n'avait jamais discuté de livres avec eux.

— Bien... à plus tard, fit Mélanie en souriant.

— À plus tard.

— Pourquoi ne l'invites-tu pas à sortir de nouveau? demanda Joey lorsque Mélanie fut suffisamment loin pour ne pas entendre.

— Vous avez beaucoup de choses en commun, ajouta Louis. Vous aimez tous deux la lecture, et vous êtes des intellectuels.

— En d'autres mots, vous êtes ennuyeux.

— Vous formez un couple parfait.

Louis et Joey se mirent à rire.

— Ha, ha! fit Anguille en roulant des yeux.

Mais tout au fond de lui, Anguille se sentait humilié. Si c'était vrai? S'il était ennuyeux? Il se savait différent de Joey et de Louis. Ces deux-là étaient déjà amis avant qu'Anguille ne les connaisse. Ils étaient d'un tempérament beaucoup plus ouvert et, bien que ni l'un ni l'autre n'ait jamais fait ou dit quoi que ce soit qui puisse le justifier, Anguille avait parfois l'impression d'être comme la cinquième roue du carrosse.

— Alors? Pourquoi ne l'invites-tu pas? insista Joey.

— Nous sommes juste amis, répondit Anguille en haussant les épaules.

L'an dernier, Anguille avait invité Mélanie à sortir. C'était la seule et unique fois de sa vie qu'il avait invité une fille à sortir. Quel désastre ç'avait été! Après, quelques semaines plus tard, lorsqu'ils s'étaient de nouveau adressés la parole, Mélanie et Anguille avaient tous deux été d'accord pour admettre qu'ils ne devraient plus sortir ensemble. Comme ça les avait soulagés! Depuis, ils étaient amis.

Mélanie était la seule fille qui faisait partie des amis d'Anguille, la seule avec qui il se sentait à l'aise.

— Bonjour, les gars! leur lança une autre voix féminine, beaucoup plus mélodieuse.

Anguille demeura figé, une frite sur le bord des lèvres.

Tamara Hastings.

— Bonjour, Tamara, répondirent Joey et Louis à la fille qui passait tout près.

Anguille regarda Tamara se diriger vers la sortie. Ses longs cheveux châtain clair, légèrement frisés, dansaient doucement dans son dos à chaque pas qu'elle faisait. Aujourd'hui, elle portait un jean dont le bas était glissé dans des bottes de cow-boy noires et un chandail. Son visage était gravé dans la mémoire d'Anguille : pommettes hautes, teint clair, yeux brun foncé, petit nez retroussé.

Contrairement à Mélanie, Tamara était bien développée pour son âge. Elle avait des courbes juste aux bons endroits, et sa poitrine se balançait lorsqu'elle marchait. Contrairement à Mélanie, Tamara était une superbeauté.

Anguille se dit que Tamara était la plus belle fille qu'il ait jamais vue, du moins en réalité. Un seul problème se posait : toute la population mâle de Degrassi semblait penser comme lui.

— Regarde Anguille ! s'écria Louis. Il est devenu muet en voyant Tamara.

— Anguille, mon gars, ajouta Joey, tu dois apprendre comment te comporter lorsqu'il y a une fille dans les parages. Simplement dire « bonjour » ne te fera sûrement pas mourir.

— J'avais la bouche pleine, protesta Anguille en lançant une frite à Joey.

Mais Anguille savait, par expérience, qu'il était en train de rougir. « C'est pour ça que je ne parle pas aux filles, aurait-il voulu leur dire. Parce que je demeure figé. »

— Tu as pourtant parlé à Mélanie sans aucun problème, fit remarquer Joey, d'une voix plus gentille, cette fois-ci.

— C'est différent, marmonna Anguille. Pour qui te prends-tu pour passer des remarques, de toute façon ? Tu ne t'appelles pas Monsieur Expérience, que je sache ?

— En tous les cas, je suis déjà vraiment sorti avec une fille, moi.

— Et après ? Je n'ai peut-être tout simplement pas encore trouvé celle qui me convient.

— Comment la trouveras-tu si tu es incapable de leur adresser la parole ? blagua Louis.

— Je parle aux filles.

— Auxquelles ? Mme Avery ? Les professeures ne comptent pas.

— Vous formez une belle équipe, vous deux, répliqua Anguille en mangeant sa dernière frite.

« Bonne répartie », se dit-il à lui-même. Si seulement il pouvait mieux maîtriser ce genre de répliques qui laissaient les autres interdits.

Louis regarda sa montre.

— Je dois partir. J'ai une période d'étude avec Raditch.

— À plus tard.

— À plus tard, Roméo, répondit Louis en riant.

Lorsqu'il fut parti, Joey regarda Anguille.

— Alors, quoi de neuf ? demanda-t-il.

— Pas grand-chose, répondit Anguille en se concentrant sur son poisson.

— J'ai entendu dire que ton frère était en ville.

Anguille fit signe que oui.

— Comment va-t-il?

— Bien.

— Pourquoi est-il venu?

— Juste pour nous rendre visite. Parle-moi des *Zits*. Avez-vous composé de nouvelles chansons?

Joey le regarda.

— Allons, Anguille.

— Quoi?

— Habituellement, chaque fois que ton frère vient vous voir, tu n'arrêtes pas d'en parler. Qu'y a-t-il?

Anguille leva les yeux de son poisson. Joey était son meilleur ami. Il devrait pouvoir tout lui raconter. Allait-il comprendre? Peut-être que non! Cela n'en valait pas le risque.

— Tout va bien, répondit Anguille en souriant, je te le jure.

Pendant un court instant, Joey regarda son ami avec insistance.

— Bien. Si tu le dis.

Anguille engloutit le reste de son repas.

— Je vais aller faire quelques paniers. Nous jouons notre première partie de la saison cet après-midi.

— Formidable. À dans trois mois, blagua Joey.

Anguille se leva et se retourna vers son ami.

— Joey?

— Oui?

Anguille hésita.

— Non, rien. On se reverra, dit-il en se dépêchant de sortir de la cafétéria.

CHAPITRE 3

— Du contrôle, Simpson !

L'entraîneur Singleton s'était penché vers Anguille jusqu'à ce que leurs nez se touchent presque. Le premier match de l'équipe venait de se terminer et ils avaient perdu. Mal perdu.

Comme l'entraîneur se tenait juste devant lui, Anguille pouvait voir les veines de son cou se gonfler. Si seulement ses genoux arrêtaient de trembler. Anguille regarda ses souliers de course. Comme il aurait aimé pouvoir s'écrouler sur le banc derrière lui.

— Regarde-moi quand je te parle ! ragea l'entraîneur.

Anguille releva la tête. Il ne pouvait même pas se comporter comme un homme quand on lui criait après, aujourd'hui.

— Désolé, monsieur, marmonna-t-il.

— C'était vraiment agir sans réfléchir, poursuivait l'entraîneur. Tom attendait le ballon. Tu n'avais qu'à le lui lancer. Tu aurais dû voir venir ce gars.

Singleton se mit à arpenter le vestiaire, s'arrêtant de temps à autre pour crier après un des joueurs. L'entraîneur était un Noir de plus de deux mètres, bien musclé. Lorsqu'il élevait la voix, les gens sursautaient.

Quand il eut fini de se faire passer un savon, Anguille se laissa tomber sur le banc.

«Pauvre type, se dit-il à lui-même. L'entraîneur a raison. J'aurais dû voir venir ce gars. J'ai de la chance de ne pas être renvoyé de l'équipe.»

À l'autre extrémité de la pièce, Anguille pouvait entendre Singleton enguirlander un autre joueur, Alonzo Garcia. Tout comme Anguille, c'était la première année qu'Alonzo faisait partie de l'équipe. Et comme lui, ses débuts n'avaient pas été des meilleurs.

— Aucune concentration! Aucun dynamisme! Pensais-tu que tu pouvais rester là sans rien faire, à attendre que le ballon vienne à toi?

Anguille jeta un regard dans leur direction. Alonzo était court; le plus petit de l'équipe. Ses cheveux étaient foncés et ondulés. Ses grands yeux bruns enfoncés dans leurs orbites lui donnaient l'air d'un chiot triste. Il avait le teint olivâtre et le corps mince et noueux. Anguille, qui avait l'impression de voir rapetisser le garçon à chacun des mots que prononçait l'entraîneur, compatissait de tout coeur avec lui. Il aurait aimé dire à Alonzo qu'il comprenait comment il se sentait.

Finalement, l'entraîneur sortit du vestiaire. En silence, chacun se mit à se dévêtir et à se diriger vers les douches. Une humeur lugubre régnait. Mais Anguille appréciait ce silence. Au moins, les autres joueurs avaient la délicatesse de ne pas retourner le fer dans la plaie.

Soudain, quelqu'un lui donna une grande tape dans le dos. Trop forte.

— C'est bien, Simpson.

Anguille leva les yeux pour voir Tom Schenk, le capitaine de l'équipe, ne portant rien d'autre qu'une petite serviette autour des reins, lui jeter un regard furieux.

Anguille sentit son corps se tendre. Tom, bien que légèrement plus petit que lui, était beaucoup plus musclé. Anguille n'avait jamais vu un jeune de quatorze ans avoir des muscles aussi développés. Tom avait la réputation de déclencher des bagarres — et de les gagner.

— Tu te pavanais comme un pédé.

Anguille sentit son visage lui chauffer et il sut qu'il rougissait. Quelques joueurs — surtout Bob et Marco, les potes de Tom — commencèrent à rire.

— Oh, regarde, il rougit! poursuivit Tom. Aurais-je touché une corde sensible?

— Laisse tomber, Tom, dit Benoît. Tu ne sais donc pas qui est son frère?

— Qui?

— Guillaume Simpson. Il a été capitaine de l'équipe pendant deux années consécutives et a été nommé Meilleur Joueur deux années de suite.

— Eh bien, tu devrais peut-être demander quelques conseils à ton frère, lança Tom.

De nouveau, Bob et Marco se mirent à rire.

Anguille ne répondit pas. Du coin de l'oeil, il regarda Tom qui laissait tomber sa serviette et s'éloignait d'un pas nonchalant vers les douches, manifestement fier de son corps. Anguille ne se détendit que lorsque Tom eut ouvert la douche.

« Pauvre type », pensa Anguille.

Il en savait peu sur Tom — il n'était dans aucun de ses cours —, mais le peu qu'il en connaissait ne lui plaisait pas. Tom avait belle apparence — du genre californien, spécialiste en surf —, des cheveux blonds assez longs et des yeux bleu acier. Il semblait aussi avoir vraiment beaucoup d'amis. Anguille l'avait souvent vu soit dans les couloirs, soit à la cafétéria, entouré d'un groupe de jeunes.

« Telle une meute de loups, pensait-il, dont Tom était le chef. »

Pourquoi tout le monde voulait être l'ami de Tom ? Cela le dépassait. Ce type était méchant. Une vraie brute. Il était du genre de gars avec qui l'on ne joue pas. De ceux qu'on essaie tout simplement d'éviter.

Cela allait être presque impossible maintenant qu'ils faisaient tous deux partie de l'équipe de basket-ball. Et Anguille le savait. Il devrait juste essayer de ne pas attirer l'attention sur lui.

« C'est ça, pensa-t-il. Aussi longtemps qu'il jouerait mal, Tom lui accorderait beaucoup d'attention. »

— Tu devrais inviter ton frère à une de nos séances d'entraînement, la prochaine fois qu'il sera en ville, disait Benoît qui faisait de son mieux pour réconforter Anguille. Il pourrait nous donner des conseils à tous.

— Je ne pense pas, marmonna Anguille en commençant à enlever son t-shirt.

— Pourquoi pas ? Ton frère est une sorte de célébrité par ici, dit Luc.

— Il ne reviendra pas avant longtemps. Ses études exigent beaucoup de travail, tu sais.

— Mais il reviendra pour Noël!

Anguille hésita. Il n'avait pas songé à Noël.

— Je ne sais pas, fit-il en retirant ses chaussettes trempées et en les jetant sur le plancher.

— Allons, mon gars! dit Benoît en donnant un coup de serviette à Anguille.

— Laisse tomber, d'accord? lança Anguille d'un ton brusque.

Benoît et Luc échangèrent un regard, sans plus insister. Anguille se leva, le visage brûlant, regrettant son mouvement d'humeur. Il enroula sa grande serviette de bain autour de ses hanches avant de faire glisser son short et son caleçon sur le plancher, puis il s'éloigna d'un pas traînant vers les douches, serrant sa serviette bien fort autour de lui.

En arrivant aux douches communes, Anguille choisit celle qui était la plus éloignée de Tom et laissa tomber sa serviette au dernier moment. Il se retourna pour faire face au jet d'eau, gardant son front au mur.

D'un simple coup d'oeil par-dessus son épaule, Anguille pouvait voir Tom. Il se retourna, trouvant difficile de ne pas s'attarder au ventre musclé du garçon — et à son pénis. Anguille regarda son propre pénis, puis de nouveau celui de Tom et poussa un soupir de soulagement. Au moins, ils étaient égaux en ce qui touchait cette partie de leur corps.

Peu de gars utilisaient les douches pour l'instant, si bien que l'eau était encore très chaude. Anguille se tourna pour que le jet puissant lui masse d'abord une épaule, puis l'autre.

«Celui qui a inventé la douche est un génie», se dit-il.

Soudain, le débit d'eau ne fut qu'un mince filet et, en quelques secondes, l'eau passa de chaude à tiède, puis à froide. Anguille ferma les robinets en soupirant. C'était toujours la même chose au vestiaire. Dès que plusieurs personnes prenaient leur douche en même temps, il n'y avait plus d'eau chaude ni de pression.

Après s'être essuyé les yeux, Anguille put voir, à travers la vapeur, que toutes les douches étaient maintenant occupées.

— Trouve une autre douche, espèce de petit pédé, cria soudain quelqu'un.

— Il n'y a pas d'autre douche de libre, pauvre type, répondit-on.

Le vacarme qui régnait dans le vestiaire mourut rapidement. Certains gars fermèrent leur douche. Anguille agrippa sa serviette et l'entoura bien serrée autour de sa taille avant de regarder à l'autre bout de la pièce.

— Alors, attends qu'il y en ait une de libre, grondait Tom. Je ne veux pas que tu te douches à mes côtés.

— Tu crois peut-être que j'aime ça, moi, me doucher à tes côtés? répliqua Alonzo.

Anguille marqua un temps d'arrêt. Le gars le plus faible de l'équipe s'en prenait à Tom Schenk.

«Ce gars doit avoir un instinct suicidaire», se dit Anguille.

Il pouvait voir l'expression de Tom se durcir et son

corps, se raidir. On aurait dit un lion prêt à bondir sur sa proie.

Alonzo l'ignora. Il ouvrit la douche et tourna le dos à Tom. Mais Anguille pouvait voir ses mains trembler.

Tous les yeux étaient rivés sur Tom. Quelques gars s'étaient approchés, se préparant à intervenir si Tom décidait de s'attaquer à Alonzo. Heureusement, le visage de Tom se radoucit et le garçon se mit à rire.

— Je vais te laisser tranquille pour cette fois-ci. Mais la prochaine fois, trouve un autre endroit pour te doucher.

Anguille crut entendre plusieurs soupirs de soulagement. Les gars savaient qu'il fallait à ce moment-ci éviter à tout prix une bagarre entre deux joueurs.

— Je me doucherai où ça me plaît.

De nouveau, le silence se fit.

« Alonzo ne sait-il pas quand s'arrêter ? » pensa Anguille.

— Que se passe-t-il ici ? tonna la voix de l'entraîneur de la porte du vestiaire.

Le brouhaha reprit. Anguille retourna d'un pas traînant à son casier, évitant le regard soupçonneux de l'entraîneur. Il se changea lentement. Lorsqu'il fut prêt à partir, la plupart des gars avaient déjà quitté les lieux. Saisissant son sac de gymnastique, il sortit du vestiaire.

Alonzo était juste devant lui dans le couloir. Les épaules basses, il se dirigeait vers la sortie.

Anguille le rattrapa à la porte.

— Tu as été très impressionnant, tout à l'heure.

— Je refuse de me faire traiter de la sorte par quiconque, répondit Alonzo en haussant les épaules.

— Mais Tom aurait pu te réduire en miettes !

— J'ai pris le risque.

Anguille et Alonzo marchèrent en silence pendant un petit moment.

— Si seulement je pouvais être aussi impressionnant sur le terrain, dit finalement Alonzo.

— Je comprends ce que tu veux dire, affirma Anguille en riant.

— Toi, tu es un bon joueur. Tu as juste besoin d'entraînement, précisa Alonzo.

— C'est justement ce que je compte faire, m'entraîner. Je ne veux pas une réplique de ce qui s'est passé aujourd'hui, expliqua Anguille. Je vais commencer à lancer des paniers à l'heure du dîner. Histoire de m'améliorer.

— Excellente idée. Je me joindrai peut-être à toi.

— D'accord. Je serai au gymnase demain, à midi.

Ils étaient arrivés près du râtelier à vélos où Anguille avait verrouillé sa bicyclette.

— À demain, dit Alonzo.

— À demain.

Anguille le regarda s'éloigner. Petit, efflanqué et n'ayant pas la langue dans sa poche. Anguille secoua la tête et sourit. Alonzo était soit très brave, soit vraiment stupide.

Il déverrouilla sa bicyclette et s'apprêtait à partir lorsqu'il vit Tom sortir par la porte d'en arrière.

Il n'était pas seul. D'un geste nonchalant, il entoura

de son bras une très jolie fille, et cette fille se trouvait justement à être Tamara Hastings. Tom chuchota quelque chose à l'oreille de la jeune fille qui se mit à rire. Elle était encore plus jolie lorsqu'elle riait.

«Qui l'aurait cru?» pensa Anguille, le coeur serré. Pourquoi la vie ne pouvait-elle pas se dérouler comme dans un film, alors qu'à la fin, la fille la plus belle tombe amoureuse du gars gentil? Pourquoi est-ce qu'en réalité, le meilleur des gars semblait toujours passer en dernier, et celui qui était le plus odieux, passer en premier?

Tom leva la tête et regarda Anguille dans les yeux.

«Super, pensa Anguille. J'espère qu'il ne va pas m'humilier devant Tamara.»

Mais Tom ne lui fit qu'un clin d'oeil.

— À bientôt, Simpson, cria-t-il.

«Merci, oh, merci!» se dit Anguille.

— À bientôt, répondit-il.

Il enfourcha son vélo et s'éloigna.

— Oh! Simpson, cria Tom, lors de la prochaine partie, essaie de ne pas jouer comme une tapette.

Anguille faillit tomber en bas de sa bicyclette. Il agrippa le guidon pour reprendre son aplomb. Derrière lui, il pouvait entendre Tamara pouffer de rire.

Sans se retourner, Anguille continua à pédaler comme s'il n'avait rien entendu.

Mais Tom savait que ce n'était pas le cas. Si seulement Anguille savait se battre. S'il connaissait une bonne répartie ou avait le courage de répondre à Tom, sans s'inquiéter des conséquences.

Mais Anguille n'avait pas ce courage. Il pédala aussi vite que possible vers la maison.

CHAPITRE 3

— Du contrôle, Simpson !

L'entraîneur Singleton s'était penché en avant jusqu'à ce que leurs nez se touchent presque. Ils venaient juste de terminer leur premier match et ils avaient perdu. Mal perdu.

L'entraîneur se tenait droit devant lui, et Anguille pouvait voir les veines de son cou gonfler. Si seulement ses genoux pouvaient ne plus trembler. Il fixa ses souliers de course, espérant tout simplement pouvoir s'écrouler sur le banc derrière lui.

— Regarde-moi quand je te parle.

Anguille releva la tête et regarda le visage de l'entraîneur. Il n'était même pas capable aujourd'hui, de se comporter en homme quand il se faisait engueuler.

— Désolé, monsieur, marmonna-t-il.

— Tu as vraiment joué sans réfléchir. Tom attendait le ballon. Tu n'avais qu'à lui faire la passe. Tu aurais dû voir venir ce gars.

Singleton se mit à arpenter le vestiaire, s'arrêtant de temps à autre pour crier après un des joueurs. L'entraîneur était un Noir de plus de deux mètres, costaud et bien musclé. Lorsqu'il criait, les gens sursautaient.

Quand il eut fini de se faire passer un savon, Anguille s'écroula sur le banc. «Tu n'es qu'un pauvre type, se dit-il à lui-même. L'entraîneur avait raison. Il aurait dû voir venir ce gars. Il avait de la chance qu'on ne le renvoie pas de l'équipe.»

À l'autre extrémité de la pièce, Anguille pouvait entendre Singleton enguirlander un autre joueur, Alonzo Garcia. Tout comme Anguille, c'était la première année d'Alonzo dans l'équipe. Et tout comme pour Anguille, ses débuts n'avaient pas été un succès.

— Aucune concentration! Aucun dynamisme! Pensais-tu que tu pouvais rester là sans rien faire, à attendre que le ballon vienne à toi?

Anguille jeta un regard dans leur direction. Alonzo était petit; c'était le plus petit de l'équipe. Ses cheveux étaient foncés et ondulés et ses grands yeux bruns, enfoncés dans leurs orbites, lui donnaient l'air d'un chiot triste. Il avait un teint olivâtre et un corps mince et noueux. Il semblait à Anguille qu'il pouvait voir Alonzo rapetisser à chacun des mots de l'entraîneur, et il compatissait de tout coeur avec l'autre adolescent. Il aurait voulu lui dire qu'il savait ce qu'il ressentait.

Finalement, l'entraîneur quitta le vestiaire. En silence, chacun se mit à se dévêtir et à se diriger vers les douches. Une humeur lugubre régnait. Mais Anguille appréciait ce silence. Au moins, les autres joueurs avaient la décence de ne pas retourner le fer dans la plaie.

Soudain, quelqu'un lui donna une grande tape dans le dos. Trop forte.

— Félicitations! Simpson.

Il leva les yeux pour voir Tom Schenk, le capitaine de l'équipe, ne portant rien d'autre qu'une petite serviette autour de la taille, lui jeter un regard furieux.

Anguille sentit son corps se tendre. Tom avait quelques centimètres de moins que lui, mais il était beaucoup plus musclé. Anguille n'avait jamais vu un jeune de quatorze ans avoir des muscles aussi développés. Tom avait la réputation de déclencher des bagarres — et de les gagner.

— Tu te pavanais comme un fifi, reprit l'autre.

Anguille sentit son visage chauffer et il sut qu'il rougissait. Quelques joueurs — surtout Bob et Marco, les copains de Tom — commencèrent à rire.

— Oh, regarde, il rougit! poursuivit Tom. Est-ce que j'ai touché une corde sensible?

— Laisse tomber, Tom, dit Benoît. Tu ne sais pas qui est son frère?

— Qui?

— Guillaume Simpson. Il a été capitaine de l'équipe pendant deux années consécutives et il a été nommé meilleur joueur deux années de suite.

— Eh bien, tu devrais peut-être demander à ton frère quelques conseils, lança Tom.

De nouveau, Bob et Marco se mirent à rire.

Anguille ne répondit pas. Il regarda du coin de l'oeil Tom qui laissait tomber sa serviette et s'éloignait d'un pas nonchalant vers les douches, manifestement fier de son corps. Anguille ne se détendit que lorsque ce dernier eut ouvert la douche.

«Pauvre type», pensa Anguille. Il en savait peu sur

Tom — ils ne partageaient aucun de leurs cours — mais ce qu'il en connaissait ne lui plaisait pas. Ce gars avait belle apparence, du type californien spécialiste en surf; il avait des cheveux blonds assez longs et les yeux bleu acier. Et il semblait avoir vraiment beaucoup d'amis. Anguille l'avait souvent vu soit dans les couloirs, soit à la cafétéria, entouré d'un groupe de jeunes. «Telle une meute de loups, pensait-il, et Tom en était le chef.»

Pourquoi tous se bousculaient-ils pour être l'ami de Tom? Cela le dépassait. Ce type était méchant. Une brute. Il était ce genre de gars avec qui l'on ne joue pas. Le genre de gars qu'on essaie tout simplement d'éviter.

Cela, Anguille le savait, allait être presque impossible maintenant qu'ils faisaient tous deux partie de l'équipe de basket-ball. Il devrait juste essayer de ne pas attirer l'attention sur lui.

«C'est ça, pensa-t-il. Aussi longtemps qu'il jouerait mal, Tom lui accorderait beaucoup d'attention.»

— Tu devrais inviter ton frère à une de nos pratiques, la prochaine fois qu'il sera en ville, lui dit Benoît qui faisait de son mieux pour le réconforter. Il pourrait nous donner des conseils à tous.

— Je ne pense pas, marmonna Anguille en commençant à retirer sa chemise.

— Pourquoi pas? Ton frère est une sorte de célébrité par ici, affirma Luc.

— Il ne reviendra pas avant longtemps. Ses études lui demandent beaucoup de travail, tu sais.

— Mais il sera là pour Noël!

Anguille hésita. Il n'avait pas songé à Noël.

— Je ne sais pas, fit-il en retirant ses chaussettes trempées de sueur et en les jetant sur le plancher.

— Allons, mon gars! dit Benoît en donnant un coup de serviette à Anguille.

— Laisse tomber, d'accord? lança Anguille avec humeur.

Benoît et Luc échangèrent un regard, mais ils n'insistèrent pas. Anguille se leva, le visage brûlant, regrettant d'avoir élevé la voix contre ses amis. Il s'enveloppa le bas du corps dans sa grande serviette de bain avant de faire glisser son short et son caleçon sur le plancher, puis il s'éloigna d'un pas traînant vers les douches, serrant sa serviette bien fort autour de son corps.

Lorsqu'il arriva aux douches, il choisit celle qui était la plus éloignée de Tom et laissa tomber sa serviette au tout dernier moment. Il se retourna pour faire face au jet d'eau, gardant son front au mur.

Jetant un coup d'oeil par-dessus son épaule, Anguille pouvait très bien voir Tom. Il se retourna, trouvant difficile de ne pas jeter un regard au ventre musclé du jeune — et à son pénis aussi. Anguille baissa les yeux pour évaluer son propre pénis, puis regarda de nouveau celui de Tom et poussa un soupir de soulagement. Au moins, ils étaient égaux en ce qui touchait cette partie de leur corps.

Peu de gars utilisaient les douches pour l'instant, si bien que l'eau était encore très chaude. Anguille se tourna pour que le jet d'eau puissant lui masse d'abord une épaule, puis l'autre. Celui qui a inventé la douche est un génie, se dit-il.

Soudain, le jet d'eau se transforma en un pauvre filet et, en quelques secondes, Anguille sentit l'eau chaude devenir tiède, puis froide. Il ferma les robinets en soupirant. C'était toujours la même chose au vestiaire. Dès qu'il y avait plus de deux personnes qui prenaient leur douche en même temps, il n'y avait plus d'eau chaude ni de pression.

Il essuya l'eau de ses yeux et put voir, à travers la vapeur, que toutes les douches étaient maintenant occupées.

— Trouve une autre douche, espèce de fif, cria soudain quelqu'un.

— Il n'y a pas d'autre douche de libre, pauvre type, répondit-on.

Le vacarme qui régnait au vestiaire mourut rapidement. Certains gars fermèrent leur douche. Anguille agrippa sa serviette et prit le temps de bien la serrer autour de sa taille avant de regarder à l'autre bout de la pièce.

— Alors, attends qu'il y en ait une de libre, grondait Tom. Je ne veux pas que tu te douches à mes côtés.

— Tu crois peut-être que j'aime ça, moi, me doucher à tes côtés? répliqua Alonzo.

Anguille marqua un temps d'arrêt. Le gars le plus faible de l'équipe répondait à Tom Schenk. Ce gars ne devait pas vraiment tenir à sa peau, se dit Anguille. Il pouvait voir l'expression de Tom se durcir et son corps, se raidir. On aurait dit un lion prêt à bondir sur sa proie.

Alonzo l'ignora. Il ouvrit la douche et se détourna de Tom. Mais Anguille pouvait voir ses mains trembler.

Tous les yeux étaient rivés sur Tom. Quelques gars s'étaient approchés, se préparant à retenir Tom si ce dernier décidait de s'attaquer à Alonzo. Mais l'expression de Tom se radoucit et il se mit à rire.

— Je vais te laisser tranquille pour cette fois-ci. Mais la prochaine fois, trouve un autre endroit pour te doucher.

Anguille crut entendre plusieurs soupirs de soulagement. Les gars savaient que la dernière chose dont ils avaient besoin, ce jour-là, c'était d'une bagarre entre deux joueurs.

— Je me doucherai où ça me plaît.

De nouveau, le silence se fit. «Alonzo ne sait-il pas quand s'arrêter?» pensa Anguille.

— Que se passe-t-il ici? tonna la voix de l'entraîneur de la porte du vestiaire.

Le brouhaha reprit. Anguille retourna d'un pas traînant à son casier, évitant le regard soupçonneux de l'entraîneur. Il se changea lentement et, lorsqu'il fut prêt à partir, la plupart des gars avaient déjà quitté. Il saisit son sac de gymnastique et sortit du vestiaire.

Alonzo était juste devant lui, dans le couloir. Il se dirigeait vers la sortie, les épaules basses.

Anguille le rattrapa aux portes.

— Tu as été très impressionnant, tout à l'heure.

— Je refuse de me faire traiter de la sorte par quiconque, répondit Alonzo en haussant les épaules.

— Mais il aurait pu te pulvériser!

— C'était un risque à prendre.

Ils marchèrent en silence pendant un petit moment.

— Si seulement je pouvais être aussi impressionnant sur le terrain, dit finalement Alonzo.

46

— Je comprends ce que tu veux dire, fit Anguille en riant.

— Tu es un bon joueur. Tu as juste besoin d'exercice.

— C'est justement ce que je compte faire, m'exercer. Je ne veux pas revivre ce qui s'est passé aujourd'hui, affirme Anguille. Je vais commencer à lancer des paniers à l'heure du dîner. Histoire de m'améliorer.

— Excellente idée. Je me joindrai peut-être à toi.

— D'accord. Je serai au gymnase demain, à midi.

Ils étaient arrivés au râtelier à vélos auquel Anguille avait verrouillé sa bicyclette.

— À demain, dit Alonzo.

— À demain.

Anguille le regarda s'éloigner. Petit, efflanqué et n'ayant pas la langue dans sa poche. Anguille secoua la tête et sourit. Alonzo était soit très brave, soit vraiment stupide.

Il déverrouilla sa bicyclette et s'apprêtait à partir lorsqu'il vit Tom sortir par la porte d'en arrière.

Il n'était pas seul. D'un geste nonchalant, son bras entourait une très jolie fille, et cette fille, c'était justement Tamara Hastings. Tom lui chuchota quelque chose à l'oreille, et la jeune fille éclata de rire. Elle était encore plus jolie lorsqu'elle riait.

«Qui l'aurait cru», pensa Anguille, le cœur serré. Pourquoi la vie ne pouvait-elle pas se dérouler comme dans un film, alors que la belle fille tombe amoureuse du bon gars, à la fin? Pourquoi est-ce qu'en réalité, les bons gars semblaient toujours arriver les derniers, et ceux qui étaient odieux, arriver les premiers?

Tom leva la tête et regarda Tamara dans les yeux.

« Super, pensa Anguille. J'espère qu'il ne va pas m'abaisser devant Tamara. »

Mais Tom ne fit qu'un clin d'oeil.

— À bientôt, Simpson, cria-t-il.

« Merci, oh, merci ! » se dit Anguille.

— À bientôt, répondit-il.

Il enfourcha son vélo et s'éloigna.

— Oh, Simpson, cria Tom, à la prochaine partie, essaie de ne pas jouer comme une tapette.

Anguille manqua tomber en bas de sa bicyclette. Il agrippa le guidon pour reprendre son aplomb. Derrière lui, il pouvait entendre Tamara pouffer de rire.

Il ne se retourna pas. Il continua à pédaler comme s'il n'avait rien entendu.

Mais Tom savait qu'il en était tout autrement. Si seulement il savait se battre. Si seulement il avait la réplique facile. Si seulement il avait le courage de répondre à Tom, sans s'inquiéter des conséquences.

Mais il ne possédait rien de tout cela. Il pédala aussi vite qu'il le pouvait jusqu'à chez lui.

CHAPITRE 4

— Très bon souper, papa, dit Anguille ce soir-là, en prenant une bouchée de pain de viande.

Il ne pensait pas vraiment ce qu'il disait; il détestait le pain de viande. Mais le silence qui régnait autour de la table le rendait fou.

— C'est une vieille recette de famille, répondit son père avec un léger sourire.

Silence.

— Je suis désolée pour ta partie de basket-ball, fit remarquer sa mère quelques minutes plus tard.

— Oh, nous ferons mieux la prochaine fois, répliqua Anguille sans grande conviction.

Nouveau silence.

Habituellement, les repas familiaux étaient fort animés. Ses parents étaient toujours curieux de savoir ce qu'il avait étudié à chacun de ses cours, surtout en mathématique et en anglais. Son père était professeur de math à l'université de Toronto et sa mère, agent littéraire. Il n'était donc pas surprenant que les mathématiques et l'anglais soient les cours préférés d'Anguille. Son père lui avait enseigné que les mathématiques étaient un langage, tout comme l'anglais ou le français.

Et sa mère lui apportait sans cesse des livres à lire. Dix ans auparavant, elle avait quitté la maison d'édition pour laquelle elle travaillait afin de s'établir à son compte. Elle s'était installée un bureau à l'arrière de la maison où elle disparaissait tous les matins après le déjeuner. Elle disait que c'était l'idéal; malgré les longues heures de travail qu'elle effectuait, elle était toujours à la maison pour accueillir ses fils lorsqu'ils rentraient de l'école.

Mais aujourd'hui, en rentrant, Anguille avait trouvé la maison plongée dans le silence. Il s'était dirigé vers le bureau de sa mère et, après avoir doucement frappé à la porte, il s'était permis d'entrer.

En y repensant, maintenant, son estomac le tiraillait. La seule fois où Anguille avait vu pleurer sa mère, ç'avait été lorsqu'elle avait perdu son père. En entendant le petit coup à la porte, elle s'était redressée et avait voulu se ressaisir, mais Anguille avait eu le temps d'apercevoir des larmes rouler sur ses joues.

— Archie, fit-elle d'une voix brisée, en souriant. Tu m'as surprise.

— Maman…

— Comment s'est passée ta journée?

— Très bien. Écoute, maman…

Anguille voulait discuter de Guillaume. Mais il ne savait pas par où commencer. Et sa mère ne lui était d'aucune aide.

— Il me reste juste quelques petites choses à terminer et j'arrive. D'accord?

— D'accord, répondit Anguille en restant sur place, dans l'embrasure de la porte.

— Alors, va, lança sa mère en affichant toujours un

sourire pincé. Tu peux vider le lave-vaisselle et mettre le couvert.

Anguille ferma la porte et, se sentant à la fois perdu et confus, il se dirigea sans se presser vers la cuisine.

Maintenant, Anguille se contraignait à avaler une autre bouchée de pain de viande, les yeux rivés sur son assiette. Comment Guillaume avait-il pu revenir et tout détruire d'un seul coup?

Sa visite avait été horrible. Non. Pire que ça. «Horrible» correspondait mieux à ce qu'il avait ressenti, l'année précédente, lorsqu'on lui avait volé sa bicyclette. «Horrible» pouvait aussi servir à désigner certains plats que cuisinait son père. La veille au soir n'avait pas été «horrible». Ç'avait été... Anguille essayait de trouver le mot exact...

Catastrophique.

Lorsque Guillaume avait appris la nouvelle à ses parents alors qu'ils étaient encore à table juste après le souper, ces derniers avaient eu une réaction semblable à celle d'Anguille. Ils avaient dévisagé Guillaume, puis s'étaient regardés.

— C'est impossible. Tu dois te méprendre, avait fini par dire son père.

— Non, papa, c'est exact.

Anguille avait regardé Guillaume à la dérobée et il avait été surpris de ne pas le trouver aussi calme et confiant que d'habitude. Courbé comme un vieillard, il fixait le plancher.

Le tic-tac de l'horloge dans le coin devenait insupportable. Anguille avait envie de se boucher les oreilles.

— Je comprends que tu sentes le besoin d'expérimenter de nouvelles choses, prononça doucement sa mère. Tu es jeune. Les années d'université sont propices à toutes sortes d'expériences. Je me souviens, ajouta-t-elle avec un petit rire, quand j'étais à l'université, de toutes ces choses folles que nous faisions.

— Ce n'est pas une expérience, coupa Guillaume d'une voix légèrement tranchante. Je suis comme ça.

— Comment peux-tu l'affirmer ? répliqua son père. Tu as fréquenté des filles pendant tout ton secondaire.

— Je pouvais difficilement fréquenter des garçons, non ? J'étais terrifié. Mêlé.

— Et qu'est-ce qui te laisse croire que tu sais où tu en es à l'heure actuelle ?

— Je le sais, c'est tout. Je commence enfin à me sentir bien dans ma peau. Greg m'aide vraiment. Vous devriez faire sa connaissance. C'est un type super.

— Tu m'excuseras, Guillaume, mais je trouve toute cette histoire bien difficile à avaler, prononça lentement son père, son visage tournant au pourpre.

— Papa, il n'y est pour rien. Et je n'y suis pour rien, moi non plus. Cela fait tout simplement partie de ma personnalité.

Leur mère commença à pleurer.

— Ne pleure pas, maman, supplia Guillaume. Je suis heureux. Je vous demande juste de comprendre. De m'accepter tel que je suis.

— Tu t'en sortiras, souffla leur père en secouant la tête. Ce n'est qu'une passe difficile.

— Non, papa, ça ne l'est pas, répondit Guillaume d'un ton ferme.

Il se pencha vers eux et les regarda tous deux avec une vive attention.

— Vous vous souvenez quand j'étais petit? Vous m'avez toujours enseigné à accepter les gens tels qu'ils étaient et non pas à les juger à cause de la couleur de leur peau ou d'autre chose. Vous vous souvenez?

— Mais, Guillaume, tu es notre fils, s'écria leur mère. Nous voulons ce qu'il y a de mieux pour toi. Tu ne peux pas être heureux comme ça.

— Oui, je le peux.

— Reviens à la maison, suggéra leur père. Tu iras à l'Université de Toronto et consultera un psychologue qui pourra t'aider.

— Je n'ai besoin d'aucune aide. Je suis très heureux tel que je suis.

— Ne sois pas ridicule, trancha leur père en élevant la voix pour la première fois. Comment peux-tu être heureux ainsi?

— C'est complètement idiot. J'ai l'impression de m'adresser à un mur de brique, souffla Guillaume en se levant si brusquement qu'il renversa sa tasse de café.

— Regarde ce que tu as fait! s'écria leur mère en se précipitant pour prendre un linge.

Pour la première fois, leur père sembla noter la présence d'Anguille.

— Archie, monte dans ta chambre, dit-il d'un ton ferme.

— Il n'y a rien dans ce que nous disons qu'il ne doive pas entendre, répliqua Guillaume. Il est mon frère.

— Et il est mon fils, répondit leur père en jetant un

regard glacial à Guillaume. Et pour l'instant, j'aimerais qu'il aille dans sa chambre. Archie, monte.

Anguille avait quitté la pièce. De sa chambre, même avec un oreiller sur sa tête, il entendait les éclats de voix. Finalement, la porte d'entrée avait claqué et Anguille avait entendu les pneus de la jeep de son frère crisser en sortant de l'entrée et en prenant la route.

Qu'est-ce que Guillaume leur avait fait? Anguille avait toujours aimé son frère, mais il trouvait maintenant de plus en plus difficile de ressentir de l'amour pour lui. Il se sentait profondément blessé. Trahi.

Anguille n'avait presque pas touché son pain de viande. Il reposa sa fourchette et prit une grande inspiration.

— Maman, papa. Que s'est-il passé?

— À quel sujet? demanda son père.

Anguille roula des yeux.

— Vous savez de quoi je parle.

Il vit son père échanger un bref regard avec sa mère.

— Nous avons eu une longue discussion avec ton frère. Nous avons essayé de le raisonner, mais il n'a pas voulu écouter.

— Quand revient-il?

De nouveau, ses parents échangèrent un regard.

— Cela dépend de lui, répondit son père. Nous lui avons dit qu'il pourrait revenir n'importe quand à condition de consulter quelqu'un pour l'aider.

— Et, soupira sa mère, il a refusé de rencontrer un psychologue en déclarant qu'il ne reviendrait à la maison que lorsque son ami et lui seraient les bienvenus. Ce n'est pas que nous ayons quelque chose contre ces gens, précisa sa mère comme si elle tentait de se convaincre elle-même. C'est juste que... comment Guillaume pourrait-il être homosexuel? Cela n'a aucun sens.

— Il est sorti avec tant de filles!

— Je pense qu'il a peut-être des ennuis à l'école. Tout ceci doit être un appel à l'aide. Mais il ne s'en rend pas encore compte.

— Qui sait? ajouta leur père en essayant de sourire. Cela passera peut-être beaucoup plus vite que nous ne le pensons.

— C'est vrai, renchérit sa mère en essayant de sourire elle aussi.

Anguille ne répondit pas. Un silence lourd s'installa de nouveau dans la pièce. Il sentait une vague de dépression l'envahir.

— Voulez-vous m'excuser? demanda-t-il.

Sans attendre la réponse, il sortit de la cuisine et monta lentement l'escalier.

Dans sa chambre, il se laissa tomber sur son lit et, pour la première fois depuis plus d'un an, il se mit à pleurer. Mais ce n'était pas un chagrin ordinaire. Il sanglotait. Il s'empara de son oreiller pour y enfouir son visage afin d'étouffer les sons. Il ressentait une sensation de vide et de perte. Comme s'il avait perdu quelqu'un. Comme si son frère qu'il connaissait et qu'il aimait était mort.

CHAPITRE 5

Une semaine plus tard, assis au bord de son lit, Anguille essayait de se motiver pour s'habiller. Il s'était levé plus tôt que d'habitude parce qu'il devait rencontrer Alonzo à l'école, à huit heures, afin de pouvoir lancer quelques paniers avant le début des cours.

Il jeta un coup d'oeil autour de la pièce. Elle était grande. Trop grande pour une seule personne, songea-t-il. Anguille n'y avait apporté aucun changement depuis le départ de son frère, l'an dernier. Il avait tout simplement remplacé les vieilles affiches de Guillaume par les posters de ses joueurs préférés: Magic Johnson, Michael Jordan et Larry Bird.

Son bureau était placé sous les affiches. Anguille aimait ce meuble en bois. Avant qu'il ne soit à lui, il avait appartenu à son frère, comme presque tout ce qui se trouvait dans cette pièce, d'ailleurs. Sur le bureau était installé un Macintosh. C'était un des plus anciens modèles. Sa mère l'avait offert à Guillaume lorsqu'elle avait décidé de s'en procurer un plus perfectionné, puis Guillaume le lui avait donné. Il y avait aussi une lampe, un stylo, un pot à crayons et à stylos, des dictionnaires (cadeaux de son père et de sa mère), un petit globe terrestre sur pied et une photo de toute sa famille.

Tout près de son bureau, et prenant plus de place que n'importe quoi d'autre dans la chambre, sa bibliothèque. Elle était garnie de livres de toutes sortes. Anguille aimait presque autant lire que jouer au basket-ball.

Le reste de sa chambre était ordinaire : des lits jumeaux, chacun avec une table et une lampe ; deux commodes et une grande penderie. Seulement la moitié des choses étaient utilisées maintenant ; un des lits n'était jamais défait, une des commodes était vide à l'exception de quelques effets que Guillaume y avait entreposés, et la penderie était à moitié remplie.

— Rien n'a changé ! s'était exclamé Guillaume en riant quand il avait revu la chambre la première fois qu'il était revenu cet été. Tu peux prendre plus de place, si tu veux, Archie.

Mais pour lui, l'espace de son frère était sacré. Même s'il était parti depuis plus d'un an, Anguille avait l'impression qu'il n'était pas correct d'empiéter sur la moitié de chambre de Guillaume. Tout au fond de lui, il avait toujours espéré que Guillaume reviendrait pour aller à l'Université de Toronto.

Il savait maintenant qu'il y avait peu de chance que cela se produise.

Il se leva et, les yeux troubles, trébucha jusqu'à sa commode pour y prendre un slip propre. Après l'avoir enfilé, il agrippa le jean qu'il avait négligemment déposé sur le plancher de sa chambre, la veille au soir.

Tout en l'enfilant, son regard se posa sur la commode de son frère. Après avoir boutonné son jean, il ouvrit le tiroir d'un coup sec.

Quelques effets de Guillaume s'y trouvaient : un frisbee, son vieux coton ouaté du secondaire ; une lettre. Anguille n'avait pu s'empêcher de lire cette lettre plusieurs fois. Il la déplia de nouveau.

Guillaume

Merci pour la nuit dernière. Cela m'a vraiment fait du bien de te parler et j'espère qu'il en est de même pour toi. Tu es un type formidable et tu embrasses tellement bien ! J'espère qu'on se reverra bientôt.

Je t'aime,

P.

Anguille, la bouche sèche, remit la lettre dans le tiroir. Il avait toujours pensé qu'elle avait été écrite par une fille. Maintenant, il n'en était plus certain.

Il essaya de balayer cette pensée de son esprit pendant qu'il cherchait son désodorisant et une chemise propre, se disant qu'il était inutile de se doucher puisqu'il devrait prendre une douche après avoir joué au basket-ball.

Mais les mêmes questions lui revenaient sans cesse : Quand ? Pourquoi ? Comment ?

Quand Guillaume avait-il décidé qu'il était homosexuel ? Pourquoi avait-il pris cette décision ? Était-ce vraiment un choix conscient ? Ou cela était-il survenu, tout simplement ? Mais, plus que tout, comment cela était-il arrivé ? Anguille pensait connaître son frère à fond. Pourtant, il n'aurait jamais pu deviner qu'il était homosexuel.

Il se dit qu'il devait y avoir eu des indices. Mais s'il ne les avait pas recherchés, pourquoi les aurait-il remarqués? La nuit dernière, il s'était réveillé en sursaut aux petites heures du matin, très agité. Sa mère avait souligné que ça n'était qu'une mauvaise passe à traverser. Elle avait bien sûr raison. Guillaume ne pouvait pas être homosexuel. Il avait eu tellement de petites amies. Il ne zozotait pas, ne portait pas de rose et n'avait pas de gestes efféminés. Il était tellement normal.

Mais lorsque Anguille s'était de nouveau réveillé, deux heures plus tard, il était abattu et triste. «Bien sûr que c'était vrai», s'était-il dit. Guillaume était trop intelligent, trop sûr de lui, pour monter une telle histoire de toutes pièces.

Son frère était homosexuel. Gai. Fifi. Ces mots lui semblaient horribles et offensants. Les jeunes, à l'école, les utilisaient lorsqu'ils voulaient blesser quelqu'un.

Anguille avait entendu des histoires atroces au sujet des homosexuels. Par exemple, qu'ils ne pensaient à rien d'autre qu'au sexe. Qu'ils étaient tous des dépravés. Son frère n'était pas comme ça. Ou l'était-il? Guillaume lui avait caché tant de choses pendant toutes ces années qu'il était maintenant impossible de savoir la vérité.

La veille, alors que ses parents étaient au cinéma, Anguille était descendu dans le bureau de son père et avait passé au peigne fin tous les livres sur les étagères, en espérant trouver une réponse. Mais il n'y avait aucun ouvrage sur l'homosexualité. Pourquoi y en aurait-il eu ? En dernier recours, il avait pris un gros dictionnaire, rangé sur une étagère au bas de la bibliothèque, et l'avait ouvert à la lettre H.

« Homosexuel : personne sexuellement attirée par des gens du même sexe qu'elle. »

C'était tout. Rien de plus. Aucun indice pour lui permettre de mieux comprendre. Il avait jeté un coup d'oeil sur le reste de la page du dictionnaire, sans rien trouver d'autre.

Anguille se demanda s'il avait peur de l'homosexualité, et si cette peur était irrationnelle ou morbide. En tout cas une chose était certaine… il ne détestait pas Guillaume.

Ou le détestait-il ?

Et de quoi avait-il peur, au juste ?

— Tu penses à Guillaume, n'est-ce pas ?

Cette question le fit sursauter. Il referma brusquement le tiroir de Guillaume et se retourna pour faire face à sa mère qui le regardait de la porte.

— Moi aussi, je pense beaucoup à lui, ajouta-t-elle.

Anguille déglutit avec difficulté. Il glissa sa chemise dans son jean et s'empara de son sac de gymnastique.

— Je dois me dépêcher, marmonna-t-il. Je dois rencontrer quelqu'un.

— Et ton déjeuner ?

— Je suis déjà en retard. J'achèterai quelque chose à l'école, dit-il en passant devant elle et en dégringolant les marches.

— Anguille? s'écria sa mère d'une voix inquiète.

Mais Anguille ne répondit pas. Il se précipita dehors, faisant claquer la porte derrière lui.

— La Terre à Anguille. La Terre à Anguille.

Anguille sursauta.

— Je suis désolé, dit-il à Alonzo en lui lançant le ballon qu'il avait retenu quelques secondes de trop, perdu dans ses propres pensées.

C'était la troisième fois de la semaine qu'Alonzo et lui s'étaient rencontrés pour faire quelques paniers et, déjà, ils voyaient une nette amélioration. Lors de leur dernière séance d'entraînement, l'entraîneur les avait complimentés à sa façon.

— Vous jouez beaucoup mieux que la dernière fois, vous deux, avait-il remarqué.

Anguille devait admettre qu'il attendait avec de plus en plus d'empressement ces moments où ils s'exerçaient tous les deux. Alonzo était intelligent, drôle, et très ouvert.

— Qu'est-ce qu'il y a? avait-il demandé. Est-ce que j'ai dit quelque chose qu'il ne fallait pas?

Anguille ne répondit pas.

— Est-ce que c'est mon désodorisant?

— Je n'ai pas bien dormi, c'est tout, répondit Anguille en ne pouvant s'empêcher de rire.

— Des problèmes avec les filles?

— Si seulement…

— Alors avec la famille?

— En quelque sorte.

— Avec tes parents?

Anguille prit le ballon des mains d'Alonzo et le lança dans le panier.

— Voilà ce qui arrive quand tu ne te concentres pas.

Alonzo reprit le ballon et se mit à arpenter le terrain en dribblant.

— Tes parents? lança-t-il par-dessus son épaule.

— Non.

— Ton frère? Ta soeur?

— Oui.

Alonzo se retourna et se dirigea vers Anguille en dribblant pour s'arrêter juste devant ce dernier.

— C'est amusant. Mario, mon frère aîné, cause bien des problèmes à la maison en ce moment.

Anguille sentit des papillons dans son estomac. Quelqu'un d'autre pouvait-il traverser la même chose que lui?

— Pourquoi?

— Nous sommes catholiques, tu sais. Et il vient d'épouser une jeune fille de religion juive. C'était la panique à la maison. Personne ne voulait assister au mariage.

— Oh! fit Anguille.

Il se sentait déçu. Ce n'était pas du tout le même genre de problème.

— Et où est le problème?

— Les catholiques doivent se marier entre catholiques, expliqua Alonzo en haussant les épaules. C'est, du moins, ce que pensent mes parents. Je ne sais pas pourquoi.

— Ça me paraît plutôt idiot.

— Essaie d'expliquer ça à mes parents. De toute façon, j'ai assisté au mariage. J'ai rencontré Sari, sa femme, et je l'ai beaucoup aimée. C'était un très beau mariage. Mais lorsque mes parents ont découvert que j'y avais assisté, ils étaient furieux. Maintenant, si je veux voir mon frère, je dois leur mentir. Je leur ai demandé si cela ne faisait pas partie de notre religion d'aimer les gens, peu importe qui ils étaient. Enfin… il fait partie de la famille.

— Les gens font parfois des choses qu'il est impossible de pardonner.

— Comme quoi? demanda Alonzo en regardant Anguille.

La cloche se fit entendre. «Sauvé!» se dit Anguille.

— Je dois me dépêcher, lança-t-il en se précipitant vers le vestiaire.

Soudain, Alonzo le saisit par le bras. Sa poigne était étonnamment ferme.

Anguille se retourna et le regarda. Les yeux d'Alonzo étaient si sombres qu'ils paraissaient presque noirs. Anguille baissa les yeux sur la main d'Alonzo qui s'était quelque peu desserrée, mais demeurait toujours posée sur son bras.

Soudain, Anguille se sentit perturbé. Étourdi. Il avait déjà ressenti cela auparavant, mais il n'arrivait pas à se souvenir quand au juste.

— Si tu as besoin de parler à quelqu'un, offrit Alonzo.

Anguille fit un signe de la tête.

— On se voit demain? demanda Alonzo en laissant retomber son bras.

— Oui, à demain.

CHAPITRE 6

— Fantastique ! On a réussi !

Le vestiaire bourdonnait d'excitation. L'équipe venait de remporter sa deuxième victoire d'affilée. Les gars passaient à côté d'Anguille et lui donnaient de grandes claques dans le dos. Anguille se sentait bien. Il avait l'impression d'avoir des ailes. Son cœur battait à tout rompre et une certaine griserie s'emparait de lui. Il savait qu'il avait bien joué.

Lorsque l'entraîneur Singleton entra dans le vestiaire, les bavardages cessèrent. Tous savaient à quoi s'en tenir.

— Je suis très fier de vous, commença-t-il d'une voix grave, mais je ne veux pas que cette victoire vous monte à la tête. Franchement, je pense que nous avons gagné cette partie par pure chance. Ce n'était sûrement pas par adresse, ce que nous recherchons avant tout. L'équipe adverse était la moins bonne de la ligue. Ne l'oubliez pas.

Les gars traînèrent les pieds et fixèrent le plancher. Anguille soupira. Il savait que l'entraîneur avait raison, mais il aurait aimé que l'euphorie règne encore un peu plus au vestiaire.

— Cependant, certains joueurs ont très bien joué, ce soir. Tom, tu as fait du bon travail.

De la place qu'il occupait sur le banc, Tom afficha un sourire suffisant et, d'après Anguille, rempli de prétention.

— Mais tu dois arrêter de faire autant de fautes, ajouta l'entraîneur.

Anguille vit avec satisfaction le sourire de Tom s'effacer.

— Tu joues trop durement, Schenk. Un de ces jours, tu vas te faire expulser du jeu. Benoît, un beau jeu, comme d'habitude. Et Anguille Simpson...

Anguille leva la tête et regarda l'entraîneur, ahuri. «Pas un autre savon», supplia-t-il en silence. Il pensait qu'il avait très bien joué.

— Tu t'es énormément amélioré. Continue ainsi.

Anguille demeura bouche bée. Son coeur battait si vite qu'il lui faisait mal. C'était incroyable !

Lorsque l'entraîneur sortit du vestiaire, les gars s'animèrent de nouveau, parlant et riant tout en se dirigeant vers les douches. Anguille resta assis à sa place, la tête remplie des félicitations de l'entraîneur. «Tu t'es énormément amélioré. »

C'était toute une nouvelle.

Soudain, son rythme cardiaque revint à la normale et il se sentit triste. Il lui était impossible de rejoindre la personne avec laquelle il aurait aimé le plus partager cette nouvelle, et qui l'aurait le plus appréciée.

Lentement, Anguille se dévêtit. Oh, Guillaume. Tu me manques tellement. Du moins, la personne que tu étais avant me manque. Pourquoi as-tu tout gâché ?

Trois semaines s'étaient écoulées depuis sa dernière visite, et ils n'avaient pas eu de ses nouvelles depuis. Il était clair, pensa Anguille, que son frère ne pouvait pas épouser le point de vue de ses parents. Si les choses s'étaient passées comme il l'avait prévu, Guillaume devait maintenant avoir emménagé avec ce type. Il n'avait même pas téléphoné pour leur donner son nouveau numéro de téléphone. S'il voulait vraiment parler à Guillaume, il savait qu'il pouvait le retracer… Mais il n'était pas encore prêt à le faire. Peut-être ne le serait-il jamais !

Une main lui serra l'épaule.

— Félicitations. Tu l'as bien mérité.

Anguille sourit à Alonzo, qui avait une serviette enroulée autour des reins.

— Merci. Tu as bien joué, toi aussi, ce soir.

— Oui, oui. Mais pas suffisamment bien pour que l'entraîneur le remarque.

— Laisse-lui un peu de temps.

Mais Alonzo ne sembla pas comprendre. Il regardait derrière Anguille et son sourire s'évanouit. Anguille se retourna juste à temps pour apercevoir Tom assis sur le banc à côté de lui. Tom lui donna une tape dans le dos, toujours trop forte.

— C'est comme ça qu'il faut jouer, Simpson.

Anguille savait que Tom était un pauvre type. Mais il était aussi le capitaine de l'équipe. Et il ne pouvait s'empêcher d'apprécier le compliment de Tom.

— Merci. Tu as bien joué, toi aussi.

— Je le sais, répondit ce dernier, un sourire aux lèvres. Je suis le capitaine de l'équipe, pas vrai ? Je me dois d'être bon.

— À tout à l'heure, Anguille, lança Alonzo en roulant des yeux. Je vais me doucher.

Tandis qu'Alonzo se dirigeait vers les douches, Tom cria :

— Attention, les gars. Alonzo va prendre sa douche. Si vous échappez votre savon, ne vous penchez surtout pas !

Marco et Bob, les amis de Tom, se mirent à rire. Quelques autres eurent aussi un rire sarcastique.

Alonzo s'arrêta net et se retourna.

— Je suis très impressionné, Tom. Tu as réussi à faire une phrase complète !

Le visage de Tom s'assombrit.

— Tu devrais faire attention à ce que tu dis, fifi.

— Tu devrais peut-être suivre tes propres conseils, tête de lard.

Quelques gars se mirent à rire et Anguille dut faire un effort pour ne pas les imiter. Le visage de Tom se durcit. Anguille connaissait ce genre de type. Il aimait passer un savon à quelqu'un, mais il n'acceptait pas de se faire remettre à sa place.

Alonzo alla se doucher et les autres gars reprirent leurs activités. Anguille attendit que Tom se retourne et se dirige vers son propre casier, le visage toujours empreint de colère, avant d'aller se doucher aux côtés d'Alonzo.

— C'était risqué, chuchota Anguille.

Alonzo se contenta de hausser les épaules.

— Tu devrais faire attention. Ce gars a la réputation d'être un bagarreur.

— Il n'oserait rien faire ici. L'entraîneur l'expulserait de l'équipe, et Tom le sait trop bien.

Anguille se mit à rire.

— J'aimerais avoir la réplique aussi facile que tu l'as.

— Exerce-toi, Anguille, répondit Alonzo en souriant. Il suffit de s'exercer. C'est un peu comme le basket-ball, tu sais.

Quand Anguille eut terminé de se doucher, il s'empressa de se vêtir et quitta le vestiaire. C'était un soir de semaine et il avait beaucoup de devoirs à faire.

— Bonjour, Anguille, dit une voix de fille dans le couloir.

Anguille se retourna.

— Bonjour, Mélanie, fit-il, surpris, que fais-tu ici ?

— J'ai assisté à la partie avec quelques amis.

— Oh, merci d'être venus.

— Euh… Tu rentres chez toi ?

— Oui.

— Mes amis ne demeurent pas dans le même coin, lança-t-elle d'une seule traite. Alors j'ai pensé t'attendre…

— Et rentrer avec moi ?

Mélanie acquiesça sans lever la tête.

— Oui. Bien sûr.

Alors elle leva les yeux vers lui et lui sourit. Anguille se dit de nouveau qu'elle avait vraiment un joli sourire.

— J'ai terminé de lire *Catcher in the Rye* la semaine dernière, dit Mélanie alors qu'ils arrivaient près de chez elle. Et maintenant, je lis *The Diviners* de Margaret Laurence.

La soirée était merveilleuse. D'un froid mordant, mais claire. Des millions d'étoiles brillaient dans le ciel.

— Je ne l'ai pas lu. Par contre, je pense que *The Stone Angel* est sur la liste de lecture.

— J'ai pris *The Diviners* à la bibliothèque, près de chez moi. Il n'est pas sur la liste de lecture parce qu'on y parle un peu de sexe.

— Tu me diras quand tu l'auras terminé, répondit Anguille en riant. Je le lirai peut-être.

Ils s'arrêtèrent devant chez Mélanie.

— Bon, nous sommes arrivés, dit-elle en se balançant sur les talons. Merci de m'avoir raccompagnée.

— Ça m'a fait plaisir.

Anguille remarqua qu'elle le regardait avec une vive attention et, soudain, il se sentit mal à l'aise. Pourquoi l'observait-elle ainsi? Avait-il de la nourriture prise entre les dents? Où le nez sale? Machinalement, il leva la main et se frotta le bout du nez d'un geste nonchalant.

— Il faut que j'y aille, dit-il rapidement, sachant qu'il se mettrait à rougir comme une tomate s'il restait là quelques instants de plus.

— On se verra à l'école, demain.

Anguille se dépêcha de s'éloigner, jetant un dernier coup d'oeil à Mélanie par-dessus son épaule.

Elle se tenait toujours sur le trottoir et le regardait.

Lorsqu'il arriva chez lui, il monta les marches deux à deux et se précipita dans la salle de bains pour s'observer dans le miroir. Hum. Pas de nourriture entre les dents. Rien de spécial. «Pourquoi l'avait-elle regardé ainsi?»

se demanda-t-il en se disant rapidement qu'il s'agissait juste d'un autre mystère de fille qu'il ne comprendrait jamais.

CHAPITRE 7

— L'entraîneur trouve que j'ai fait beaucoup de progrès, dit Anguille à ses parents le lendemain, au déjeuner.

— C'est super, fiston! s'exclama son père en levant les yeux de son journal.

— Vous allez assister à la prochaine partie, n'est-ce pas? demanda Anguille entre deux bouchées de céréales.

— Nous ne la manquerions pour rien au monde, répondit sa mère en s'installant à table avec une tasse de café.

— C'est tout ce que tu prends pour déjeuner? demanda Anguille en pointant la tasse avec sa cuillère.

— Je n'ai pas vraiment faim. Je mangerai plus tard, fit-elle en souriant.

— Tu devrais prendre quelque chose, fit remarquer son mari en levant de nouveau les yeux de son journal.

— Peut-être plus tard, répliqua-t-elle.

Anguille remarqua que seules ses lèvres souriaient.

— Juste une rôtie ou…

— Je n'ai pas faim! coupa-t-elle d'une voix tranchante.

Le père d'Anguille la regarda pendant un moment, les yeux pleins de tristesse. Puis, sans dire un mot, il reprit sa lecture.

Anguille baissa la tête et essaya de se concentrer sur son déjeuner. Leur famille ressemblait à un vieux téléviseur ces jours-ci. Parfois l'image était claire, mais il suffisait de peu pour que tout se brouille.

« Nous connaissons tous le coupable, se dit Anguille, et il n'est même pas ici pour réparer le tort qu'il a causé. »

Anguille aurait voulu pouvoir effacer tout simplement Guillaume de ses pensées, mais à tout instant, des souvenirs surgissaient dans sa mémoire. La veille, lorsqu'il s'était installé dans sa chambre pour étudier son examen d'histoire, il s'était souvenu d'une journée quand il avait environ six ou sept ans, et son frère, onze ou douze ans.

Guillaume n'avait pas toujours été l'enfant sage que croyaient ses parents. Avec ses amis, il échafaudait toutes sortes de plans et de missions secrètes. Ses parents auraient été hors d'eux s'ils l'avaient su. Comme cette fois où Guillaume s'était glissé hors de la chambre, à minuit, pour aller au cimetière avec ses amis, ou lorsqu'il avait fait l'école buissonnière par une chaude journée de juin pour aller pêcher en empruntant, sans permission, la ligne à pêche préférée de leur père.

Anguille couvrait toujours les escapades de son frère. Sauf la fois où Guillaume et ses amis avaient décidé d'aller jouer sur le site d'un chantier de construction, non loin de chez eux. Anguille savait que son frère aurait de sérieux problèmes si ses parents l'apprenaient.

Il avait insisté pour accompagner Guillaume. Ce dernier, exaspéré, avait fini par accepter.

— Bon, d'accord. Mais si tu viens, tu dois me promettre de ne rien dire, quoi qu'il arrive, et de faire tout ce qu'on te dira.

Lorsqu'ils étaient arrivés au chantier de construction, Anguille avait été déçu. Guillaume l'avait planté là avec l'ordre de ne pas bouger jusqu'à leur retour, puis il avait disparu avec ses amis dans le noir. Anguille s'était approché de l'excavation et se demandait comment on pouvait prendre plaisir à jouer dans un tel endroit quand il avait entendu des cris. Après quelques instants d'hésitation, il avait reconnu la voix de son frère. Guillaume l'appelait à son secours.

Anguille s'approcha de l'endroit d'où provenaient les cris et scruta le vide. Tout au fond, il avait aperçu son frère blotti dans un coin, le visage livide.

— Sors-moi d'ici, Archie, pleurait-il. Je crois que je me suis cassé quelque chose.

— Où sont les autres ? avait demandé Anguille en sentant la panique l'envahir.

— Partis, les lâches ! geignit Guillaume.

— Faut-il que je prévienne les parents ? Guillaume, dois-je les prévenir ?

Mais Guillaume souffrait trop pour répondre. Anguille avait alors compris que c'était à lui seul de prendre une telle décision. Il devait à tout prix sortir son frère de là, mais il avait promis de ne rien dire !

Ne voyant pas d'autre solution, il avait couru jusque

chez lui aussi vite que ses jambes le lui permettaient. Ses parents avaient appelé une ambulance qui n'avait pas tardé à arriver sur les lieux, et Guillaume avait été transporté à l'hôpital.

Lorsqu'il était revenu à la maison, la jambe plâtrée, ses parents avaient exigé des explications.

— Qu'est-ce qui t'a pris d'aller sur ce chantier de construction? s'étaient-ils écriés. Tu savais que c'était dangereux. À quoi as-tu pensé pour y entraîner ton jeune frère?

Anguille fut puni pour deux semaines et Guillaume, pour un mois.

Cette nuit-là, lorsqu'ils avaient retrouvé la douceur de leur lit, Anguille avait murmuré :

— Guillaume, je suis désolé.

— Pourquoi? avait alors demandé son frère.

— Parce que je n'ai pas tenu ma promesse.

— Ça ne fait rien, Archie. Tu n'avais pas le choix, avait dit Guillaume. Tu sais, parfois il est préférable de ne pas tenir une promesse, mais seulement parfois.

C'était probablement la seule fois qu'Anguille n'avait pas tenu une promesse faite à son frère.

Mais tout était tellement différent maintenant. Plus rien ne comptait…

— Je dois partir, annonça son père en se levant et en débarrassant son couvert. Je rentrerai un peu plus tard, ce soir, précisa-t-il en ébouriffant les cheveux d'Anguille, puis en déposant un baiser sur le front de sa femme.

— Veux-tu autre chose? demanda sa mère dès que son mari fut parti.

— Je prendrais bien des rôties, mais je vais me les préparer, répondit Anguille.

— As-tu fait tes devoirs ? s'inquiéta sa mère tandis que son fils se levait pour déposer deux tranches de pain dans le grille-pain.

— Oui, répondit Anguille en lui tournant le dos pour ne pas qu'elle le vit rougir.

C'était faux. Pour la première fois de sa vie, Anguille avait de la difficulté à se concentrer sur son travail. Lorsqu'il s'était assis à son bureau pour travailler, la veille, il s'était rendu compte, deux heures plus tard, qu'il n'avait presque rien fait.

Guillaume y était pour quelque chose, certes, mais il ressentait aussi quelque chose de vague qui le tracassait de plus en plus. Il n'arrivait pas à savoir ce que c'était.

— Noël arrive vite, disait sa mère. As-tu pensé à ce que tu aimerais avoir ?

— Non, répondit Anguille.

Et c'était vrai. Noël lui était complètement sorti de la tête.

— Et Guillaume ? Passera-t-il Noël avec nous ? risqua-t-il tout en sachant déjà la réponse.

Sa mère, surprise, leva les yeux vers lui et déposa doucement sa main sur la sienne.

— Je ne le crois pas, fit-elle tristement. C'est difficile, je le sais.

Anguille lui serra légèrement la main et quitta la table.

— As-tu étudié ton examen d'histoire ? lui demanda Alonzo par-dessus le bruit de la douche.

— Pas autant que j'aurais dû, admit Anguille.

Ses muscles étaient endoloris. Ces exercices presque quotidiens avec Alonzo, jumelés aux séances d'entraînement régulières de l'équipe, faisaient leur petit effet. Mais Anguille trouvait que ça en valait la peine. L'entraîneur lui faisait davantage confiance et Tom se moquait rarement de lui, maintenant.

Par contre, pour Alonzo, c'était une toute autre histoire. Tom n'en manquait pas une chaque fois qu'il le rencontrait. Une chance qu'Alonzo avait la répartie facile !

Comme ils n'étaient que tous les deux à se doucher, ils ne manquaient pas d'eau chaude. Anguille appréciait cette chaleur qui apaisait ses muscles endoloris.

— Est-ce que tu vois le savon, quelque part ? lui demanda Alonzo.

Anguille jeta un coup d'oeil vers son ami. Alonzo avait les yeux fermés pour éviter que du shampoing ne coule dedans.

Anguille se pencha pour chercher le savon. Alonzo se pencha au même moment. Aveuglé, il tendit la main et frôla la hanche d'Anguille. Ce dernier sursauta et se redressa soudain.

— Anguille ? demanda Alonzo, toujours penché, est-ce que tu l'as trouvé ?

Anguille ne répondit pas. Il se sentait étourdi et ébranlé. C'était la même sensation qu'il avait ressenti l'autre jour, au gymnase. Mais cette fois-ci, il se souvenait de la première fois où il avait ressenti une telle sensation. C'était l'année précédente, lorsqu'il était allé au cinéma avec Mélanie et que cette dernière avait appuyé sa jambe contre la sienne.

— Ça va, je l'ai trouvé, disait Alonzo les yeux toujours fermés.

Soudain, Anguille prit conscience d'autre chose. Il baissa les yeux vers son pénis qui se durcissait. Il s'empressa de se rincer et ferma les robinets.

— Déjà fini? s'étonna Alonzo.

— Hum, hum, fit Anguille en tournant le dos à son copain et en saisissant sa serviette qu'il enroula autour de ses reins.

Puis, sans rien ajouter d'autre, il se précipita vers ses vêtements et s'empressa de se vêtir. Il en était à mettre ses souliers quand Alonzo se planta devant lui, flambant nu.

— Quelque chose ne va pas? s'inquiéta-t-il.

— Non, non, rien, répondit Anguille avec trop d'empressement. Je veux juste aller étudier cet examen d'histoire. Une révision de dernière minute.

— Excellente idée, admit Alonzo, ne se doutant de rien.

Anguille se leva et quitta le vestiaire sans même prendre le temps de lacer ses souliers.

Le soir, allongé dans son lit, il repensait à tout cela.

Guillaume avait semblé être un enfant normal et joyeux, et pourtant... D'un autre côté, Anguille ne se sentait ni normal, ni heureux. Plus il y pensait, plus il sentait qu'il avait toujours été très différent de son frère. Il avait toujours préféré jouer avec les filles plutôt qu'avec les garçons. Sa mère avait raison de dire qu'il était un grand sensible. À quatorze ans, non seulement il n'avait pas encore embrassé une fille, mais ces dernières le terrifiaient.

Cela voulait-il dire qu'il était homosexuel, lui aussi ?

CHAPITRE 8

Un sur dix. Ce pourcentage lui revenait sans cesse. Au moins un sur dix. Il l'avait lu quelque part, ou peut-être entendu à la télévision. « Au moins un jeune sur dix est homosexuel. » Faisait-il partie de ce pourcentage ? Si oui, qu'est-ce que cela voulait dire ? Il ne pouvait le demander à personne. Ce n'était pas le genre de choses dont on discutait.

Personne n'en parlait à l'école, pas même les professeurs. Personne. Ils abordaient toutes sortes d'autres sujets connexes : le sexe, la sexualité, les abus sexuels, les maladies transmises sexuellement, le SIDA... mais même, lorsqu'ils discutaient du SIDA, il était rare qu'ils mentionnent l'homosexualité. « Ce n'est pas juste une maladie qui touche les homosexuels, disaient-ils. Les hétérosexuels peuvent aussi en être atteints. »

Comme si les homosexuels ayant cette maladie ne comptaient pas. Et, d'une certaine façon, c'était vrai, du moins en ce qui concernait les amis d'Anguille. Les professeurs apportaient de telles précisions parce qu'ils savaient qu'en affirmant que cette maladie ne touchait que les homosexuels, personne n'en tiendrait compte.

Anguille se souvenait avoir entendu un jeune de sa classe murmurer: «Ces fifis ne devraient pas exister de toute façon.» Il se souvenait aussi que cette remarque l'avait fait sourire. Mais maintenant, son frère était l'un de ces fifis. Et peut-être qu'il en faisait partie, lui aussi.

Était-ce héréditaire? Génétique? Il ne pouvait en discuter avec personne. Personne ne pouvait répondre à ses questions.

Ou du moins si, il y avait bien quelqu'un, mais Anguille ne pouvait pas lui parler. Ses parents ne le lui pardonneraient pas. Et lorsque Anguille pensait à Guillaume et à son nouveau monde, des images confuses et sombres se bousculaient dans sa tête.

Non, pensa-t-il, il ne pouvait pas se confier à Guillaume.

Anguille se tourna sur le côté et regarda l'horloge. Quatre heures du matin. Au moins, il pourrait se lever dans quelques heures.

Il resta dans le noir, les yeux grands ouverts. Il avait l'impression de devenir fou avec toutes ces craintes et toutes ces peurs en tête. Il avait l'impression qu'il allait exploser.

Personne à qui parler… personne qui veuille aborder ce sujet… c'est donc que ça devait être mal!

CHAPITRE 9

— Voulez-vous bien me dire ce que vous faites? lança l'entraîneur Singleton à voix basse pour que l'autre équipe ne l'entende pas.

Il se déplaçait de long en large et Anguille croyait presque voir de la vapeur s'échapper de ses oreilles.

Pour une fois, leur entraîneur ne criait pas après lui. Il s'en prenait à Tom, le capitaine de l'équipe, le meilleur joueur. Tom demeurait immobile, tête basse, comme un jeune chiot qui savait qu'il avait fait une bêtise. Même s'ils perdaient, Anguille ne put s'empêcher de ressentir un certain plaisir de vengeance.

C'était le quart final et Tom venait de se faire renvoyer du jeu pour faute. La partie était serrée, très serrée. Les Banting Broncos gagnaient par un point. Un point marqué grâce à Tom.

Les Broncos avaient la réputation d'être une des meilleures équipes de leur ligue. Pendant la période de réchauffement, juste avant la partie, Anguille et quelques autres joueurs avaient entendu un des joueurs des Broncos affirmer: «Nous n'aurons pas de mal, ce soir. Ce sont des perdants.»

Ce gars avait tort. Cette remarque avait été suffisante pour que les joueurs de Degrassi s'accrochent. Ils avaient vraiment bien joué et Anguille savait qu'il avait donné son maximum.

Mais maintenant, il semblait évident qu'ils allaient perdre. Avec seulement trente secondes de jeu encore, leurs chances étaient bien minces.

— Le numéro 12 est leur meilleur joueur, disait l'entraîneur. Je veux que deux d'entre vous le couvriez. Benoît et... Simpson. Et faites tout ce que vous pouvez pour gagner ce match!

Anguille suivit Benoît sur le terrain. La foule les accueillit avec des cris. Ils jouaient à Degrassi. Beaucoup de parents et d'amis assistaient au match. Anguille se sentit nerveux à l'idée que tant de gens qui le connaissaient le regardaient. Il y avait ses parents, Joey, Louis, Mélanie et... Tamara Hastings. Anguille savait même où elle était assise.

Le compte à rebours commença. Trente, 29, 28, 27. Benoît et Anguille firent de leur mieux pour bloquer le numéro 12.

Vingt, 19, 18, 17, 16. Soudain, le numéro 12 fit une feinte et se dégagea. Un autre joueur des Broncos se dirigeait vers lui en dribblant le ballon. Il s'arrêta et lança le ballon au numéro 12.

Anguille bondit en avant et intercepta la passe. Un murmure s'éleva parmi la foule. Pendant une fraction de seconde, Anguille fixa le ballon.

Puis il se mit à courir.

Dix, 9, 8, 7. Le numéro 12 le talonnait, mais Anguille se dégagea et se dirigea vers le panier en dribblant d'un geste rapide, tout en se concentrant et en cherchant quelqu'un à qui il pourrait faire une passe. Il n'y avait personne.

Il continua à avancer. Le silence se fit parmi la foule. Il pouvait entendre les joueurs de l'autre équipe qui le suivaient de près.

Trois, 2... Anguille bondit dans les airs, plus haut qu'il ne l'avait jamais fait, et réussit un panier.

La foule en délire se leva et se mit à crier et à siffler tout en frappant des mains et des pieds. Le bruit était assourdissant. Soudain, Anguille se sentit soulevé du sol par Benoît, Luc et quelques autres joueurs.

— Bravo, Anguille! Bravo! criaient-ils.

Anguille regarda le pointage: Broncos, 27. Degrassi, 28. Il secoua la tête sans trop y croire.

— Simpson, tu m'as vraiment surpris, disait maintenant l'entraîneur en riant de joie. C'était un beau jeu. Mais j'aimerais bien savoir où était le reste de l'équipe.

Anguille leva les yeux vers la foule et vit ses parents lui faire un grand sourire. Joey et Louis lui firent signe ainsi que Mélanie.

— Maintenant, tous à la douche, disait l'entraîneur.

Les gars entourèrent Anguille qui était toujours sur les épaules de Benoît et de Luc et ils se dirigèrent vers le vestiaire. Anguille jeta de nouveau un coup d'oeil à la foule. Son regard croisa celui de Tamara qui lui sourit et lui fit signe de la main.

Automatiquement, Anguille se retourna, certain que Tom se tenait derrière lui. Mais il n'était pas là. Il leva de nouveau les yeux vers Tamara qui lui fit un autre signe de la main. Anguille lui répondit lui aussi d'un signe de la main. Il se mit à rire. Tamara Hastings l'avait remarqué. Cela faisait des semaines qu'il ne s'était pas senti aussi bien.

— Tu as été formidable! s'écria Alonzo en sortant de la douche et en serrant son ami contre lui.

Anguille lui rendit son étreinte en riant. Il aurait voulu lui dire qu'il était un ami bon et loyal et qu'il était désolé d'avoir eu des idées bizarres à son sujet.

Une chance qu'il ait gardé ses impressions pour lui. Comment avait-il pu penser être homosexuel? se demandait-il en s'habillant. Tout son corps était devenu comme du *jell-o* lorsque Tamara lui avait souri. Cela ne se serait pas produit s'il avait été l'un d'eux.

Soudain, Tom lui donna une claque si forte dans le dos qu'il en perdit l'équilibre.

— Bon jeu, ce soir, lança-t-il, un sourire crispé aux lèvres. Tu avais la chance de ton côté.

— Et quelle chance! ajouta Bob.

— Ça va, Schenk, intervint Benoît. Cela n'avait rien à voir avec la chance, et tu le sais fort bien.

— Benoît a raison, acquiesça Alonzo. C'était un jeu adroit. Tu es tout simplement jaloux. Tu n'es plus seul en ligne pour le trophée du meilleur joueur de l'équipe, maintenant.

Anguille se demanda si Alonzo avait raison. Cela lui semblait ridicule, bien sûr, mais il ne pouvait s'empêcher de sourire à cette idée.

— Je t'attends dehors, dit-il à Alonzo en saisissant son sac de gymnastique. On pourrait peut-être aller fêter ça quelque part.

— Nous sommes fiers de toi, lui dirent ses parents lorsqu'il sortit du vestiaire. Nous t'invitons au restaurant.

— Si vous n'y voyez pas d'inconvénient, répondit Anguille, j'aimerais sortir avec des amis.

— Nous comprenons très bien, répondit sa mère. Amuse-toi bien.

— Mais rentre avant minuit, précisa son père.

Quand Anguille se retourna, il se retrouva nez à nez avec Mélanie.

— Tu as été super, ce soir! s'écria-t-elle en souriant. Je vais chez Smiley avec un groupe d'amis. Tu veux te joindre à nous?

Smiley était juste à cinq minutes de marche de l'école et c'était le lieu de rencontre de tous les étudiants de Degrassi.

— Je pense que tout le monde va là-bas, répondit-il. D'accord. Je vous y retrouverai.

— Super! s'exclama Mélanie en souriant. À tout à l'heure.

Elle lui fit un petit signe de la main et s'éloigna.

— Anguille! fit une voix de fille.

Anguille s'attendait à voir Mélanie, mais il se retrouva en face de Tamara.

— Bonjour, fit-il en essayant de contenir un grand sourire.

— Quelques-uns d'entre nous allons au Fire Pit, minauda-t-elle. Tu veux venir? Mon frère nous y conduira, mais nous devrons rentrer en autobus.

— Pourquoi pas ? fit Anguille en regardant un groupe d'amis, y compris Alonzo, disparaître un peu plus loin.

— Alors, viens ! fit-elle en le saisissant par la main et en le tirant vers la voiture.

Anguille avait l'impression que sa main était en feu. Tamara Hastings lui tenait la main !

— Eh, les gars, Anguille vient aussi ! s'écria Tamara en arrivant près de la portière.

Lorsque Anguille se pencha pour entrer dans la voiture, son sourire s'effaça. Bob, Marco et Denise, la petite amie de Marco, étaient installés sur la banquette arrière et devant, Tom avait pris place à côté du frère de Tamara.

Anguille voulait leur dire qu'il avait changé d'idée, qu'il ne voulait plus les accompagner, mais il était trop tard. Lentement, il ouvrit la portière et se glissa près de Bob. Le frère de Tamara fit ronfler le moteur.

— Tu as bien joué, ce soir, le félicita Tamara en se retournant pour mieux le voir.

— Merci, marmonna Anguille.

Personne d'autre ne parlait. Anguille vit Tom lancer un regard en direction de Tamara. Cette dernière l'ignora.

Ils arrivèrent finalement au restaurant, sans plus discuter. Dès qu'ils sortirent de la voiture, Tom jeta son bras autour des épaules de Tamara, la serrant contre lui. Marco fit de même avec Denise et Bob se glissa aux côtés de Tom. Tous marchaient devant Anguille.

Anguille avait la tête qui tournait. Dix minutes plus tôt, il se croyait au ciel. Maintenant, c'était l'enfer. Il soupira. Impossible de faire demi-tour. La tête haute, il les suivit au restaurant.

La soirée allait être longue !

Plus tard, ce soir là, Anguille était allongé sur son lit, fixant le plafond.

Quelle soirée !

Les gars ne lui avaient presque pas adressé la parole de toute la soirée. Tamara s'était assise à l'autre bout de la banquette et lui avait souri de temps à autre ou adressé quelques mots gentils, mais c'était tout.

Pourquoi l'avait-elle invité ? Voulait-elle lui faire une blague ?

Lorsque Denise et Tamara s'étaient levées pour aller aux toilettes, Anguille avait souligné à Tom qu'il était un gars chanceux.

— Je le sais, avait répondu Tom en souriant. Tous les gars de Degrassi aimeraient avoir Tamara comme petite amie.

— Elle n'est pas exactement ta petite amie, fit remarquer Bob.

— Fais attention à ce que tu dis, trancha Tom.

Tamara et Denise revinrent, ce qui mit fin à la discussion.

Mais ces quelques mots avaient donné une lueur d'espoir à Anguille.

Dans l'autobus, Tamara s'était mise à côté d'Anguille et lui avait posé la main sur l'épaule tout en lui parlant.

Puis, juste avant de descendre à son arrêt, elle lui avait légèrement touché la cuisse. Une décharge électrique avait alors parcouru le corps d'Anguille.

— À lundi, avait-elle lancé.

Juste avant de descendre, elle s'était tournée vers lui et lui avait fait un clin d'oeil. Anguille avait surpris le regard furieux de Tom.

Pendant quelques minutes, personne n'avait rien dit. Anguille avait fait semblant de s'intéresser aux annonces affichées dans l'autobus.

— Il faudra que tu sortes de nouveau avec nous, avait soudain lancé Tom. Une sortie entre gars.

— Oui, avait répondu Anguille en regardant par la fenêtre et en se sentant soulagé de voir qu'il devrait bientôt descendre.

— Que dirais-tu de vendredi?

Anguille avait cherché une excuse, sans en trouver.

— D'accord, vendredi, avait-il fini par acquiescer.

Maintenant, quand il y repensait, il se demandait comment il pourrait s'en sortir. Peut-être en leur disant qu'il avait d'autres projets pour la soirée : une invitation, une fête... Mais ils ne le croiraient pas. D'un autre côté, cela lui permettrait de mieux connaître Tom. Il était capitaine de l'équipe, après tout.

CHAPITRE 10

— Oh non ! Oh, non ! marmonna Anguille.

Il s'appuya contre son casier et regarda le papier qu'il tenait à la main. Des jeunes circulaient autour de lui, mais il ne les remarquait pas.

Un gros D rouge l'aveuglait. Il savait qu'il aurait dû étudier davantage son examen d'histoire. Il ne s'attendait tout de même pas à avoir un D.

— Où étais-tu vendredi soir ?

Anguille leva les yeux. Mélanie se tenait devant lui, les mains sur les hanches. Elle semblait tendue.

— Tu devais venir nous rejoindre chez Smiley. Tu ne t'es jamais montré !

— Oh, c'est vrai. Je suis désolé. Quelques gars sont allés au Fire Pit, alors…

— Et tu n'as même pas pris la peine de venir me prévenir ?

Anguille regarda Mélanie. Il ne l'avait jamais vue ainsi.

— Je ne savais pas que c'était si important.

— Ce n'était pas important, s'offusqua-t-elle. Ne te donne pas tant d'importance. Ç'aurait juste été un peu plus poli.

— …Je suis désolé. Vraiment. Ça ne se reproduira plus.

— Ça, c'est certain, parce que je ne te demanderai plus jamais de te joindre à nous.

Sur ce, elle tourna les talons et s'éloigna d'un pas vif.

Anguille la suivit des yeux. Que se passait-il, au juste ? Elle était peut-être menstruée. Anguille avait entendu dire que les filles avaient des changements d'humeur quand elles avaient leurs menstruations.

Il haussa les épaules. Il ne comprendrait jamais les filles.

— Hé, où étais-tu, vendredi soir ? lui demande Alonzo en lui donnant une claque dans le dos.

— Écoute, je m'excuse, je ne t'ai pas prévenu… Je suis allé au Fire Pit à la place, d'accord…

— Je ne faisais que demander…

— Excuse-moi, soupira Anguille. Je viens juste de me faire engueuler par Mélanie, c'est tout.

Il referma son casier et les deux jeunes se dirigèrent ensemble vers leur cours d'anglais.

— Tamara m'a demandé d'aller au Fire Pit, précisa Anguille.

Alonzo écarquilla les yeux. Il resta figé sur place.

— Tamara ? La Tamara ?

— Chut ! fit Anguille en jetant un coup d'oeil autour de lui pour s'assurer que personne n'avait entendu. Ce n'était pas aussi bien que ça en a l'air. Tom et ses gardes du corps y étaient, eux aussi.

— De toute façon, j'ai deux billets pour une partie de basket-ball vendredi soir. Tu veux venir avec moi ?

— Vendredi ? Impossible. Je sors avec Tom, Bob et Marco, admit Anguille en se sentant ridicule.

— Pourquoi ? demanda Alonzo en le dévisageant.

— Parce qu'il me l'ont demandé, répondit Anguille. Et il est trop tard maintenant. J'ai accepté.

— Je te plains ! soupira Alonzo.

Le vendredi soir arriva enfin. Anguille n'avait presque pas vu Tamara de la semaine. Elle n'était dans aucun de ses cours, mais chaque fois qu'il l'avait croisée dans les corridors, elle lui avait souri. Chaque fois, Anguille s'était senti tout bouleversé. Il se disait qu'il était amoureux d'elle.

Maintenant, Anguille se tenait sur le pas de la porte, devant chez Tom. Il prit une profonde inspiration et sonna.

Tom vint lui ouvrir, une bière à la main.

— Anguille ! s'écria-t-il d'une voix forte, mais amicale. Entre.

Anguille fut stupéfait par les meubles anciens et les tapis de Perse. Le décor ne cadrait pas avec Tom.

— Tes parents sont là ? demanda-t-il.

— Non, répondit Tom. Mes parents ne sont presque jamais à la maison. Ils voyagent souvent pour leur travail.

Anguille suivit Tom dans une salle de séjour dont les meubles étaient beaucoup plus modernes.

— Bonjour, Anguille, dirent Bob et Marco en faisant un signe en sa direction.

— Une bière ? lui demanda Tom.

— Euh… d'accord.

Tom lui offrit une bouteille de bière. Anguille se

promit de la boire lentement. Il n'était pas habitué à prendre des boissons alcoolisées et il n'avait surtout pas besoin de se ridiculiser devant ces gars.

— Pas mal, cette maison, hein? fit remarquer Tom. Mes parents dépensent beaucoup pour la meubler parce qu'ils se sentent coupables de ne jamais être là.

— Tu ne te sens pas seul?

— Non. J'ai mes amis. Et Tamara, ajouta-t-il en regardant Anguille droit dans les yeux.

Anguille ne répondit pas. Il prit une autre gorgée de bière.

— Je sais que tu l'aimes bien. Je comprends. Et c'est parfait ainsi. Tamara et moi avons beaucoup de plaisir ensemble, mais nous restons libres chacun de notre côté. Je n'aime pas me restreindre à une seule femme.

« Si seulement j'avais ce problème! » pensa Anguille.

Tom lui fit visiter la maison, puis ils rejoignirent Bob et Marco. Tom se servit une autre bière. Anguille se rendit compte qu'il le regardait.

— Tu sais, tu n'es pas si mal, dit-il. Pendant un certain temps, je pensais que tu étais… (Tom fit un geste efféminé) tu sais. Je ne t'ai jamais vu avec une fille. Tu es tout le temps avec Alonzo. Et je suis prêt à parier je ne sais quoi qu'il est homo.

— Tu as tort, répondit faiblement Anguille ayant soudain l'impression que ses jambes étaient en caoutchouc.

— Sortons, suggéra Marco.

Anguille n'avait jamais été aussi content d'entendre une autre voix.

— D'accord, suivez-moi, lança Tom en refusant de dire à Anguille l'endroit où ils allaient.

— Moi, je sais où on va, brailla Bob à tue-tête en chancelant dans la rue, une bière à la main.

— Où allons-nous? demanda de nouveau Anguille, mais à Bob, cette fois-ci.

Bob refusa de répondre.

— C'est là que nous allons, dit soudain Tom en s'arrêtant et en montrant un édifice rouge de l'autre côté de la rue.

— Qu'est-ce que c'est? demanda Anguille.

— Un bar de fifis.

L'édifice avait l'air désert, mais en tendant bien l'oreille, Anguille pouvait percevoir une faible musique qui provenait de l'intérieur de l'édifice.

— Que faisons-nous ici?

Avant d'obtenir une réponse, la porte s'ouvrit et deux gars sortirent du bar, bras dessus bras dessous.

— Fifis! cria Tom.

Les mots se répercutèrent dans le silence de la nuit. Anguille regarda Tom, bouche bée.

— Espèces de pédés! cria-t-il de nouveau.

Les deux hommes s'arrêtèrent sur le trottoir et les regardèrent.

— Je dois rentrer, fit Anguille.

— Pourquoi? se moqua Tom. Ça commence seulement à devenir intéressant.

La porte s'ouvrit de nouveau et un homme plus âgé sortit. Il enfila une paire de gants, puis s'avança vivement dans la rue.

Cette fois-ci, ce fut Marco qui l'insulta.

L'homme regarda autour de lui, enfonçant ses mains plus profondément dans ses poches.

— Pédé! cria Tom.

— Fifi! renchérit Bob.

L'homme pressa le pas.

— Regardez, j'ai effrayé ce pauvre petit! s'écria Tom en riant.

— Partons, dit Anguille.

— Tu as un problème? lui demanda Tom. Pourquoi ne dis-tu rien? Ne me dis pas que tu aimes les tapettes? Tu aimes bien les filles, n'est-ce pas?

La porte s'ouvrit de nouveau et un jeune homme seul sortit cette fois-ci. Du coin des yeux, Anguille regarda Tom.

— Pédé! marmonna-t-il.

— Je ne pense pas qu'il ait compris! fit Tom en éclatant de rire.

— Pédé! Fifi! hurla Anguille.

L'homme, visiblement abattu, s'arrêta devant une petite auto sport rouge et chercha ses clés. Il finit par ouvrir sa portière, s'installa derrière le volant et démarra à toute vitesse.

Anguille tremblait tellement qu'il craignait de s'évanouir sur le trottoir. À ses côtés, Tom était écroulé de rire.

— C'était super. Il a eu tellement peur qu'il a dû faire dans son pantalon.

Bob et Marco étaient pliés en deux tant ils riaient.

— Je dois rentrer, maintenant, murmura Anguille. À lundi.

CHAPITRE 11

Cette nuit-là, Anguille rêva qu'il était de nouveau un petit garçon. Toute la famille partait en voyage, comme ils avaient l'habitude de le faire chaque été. Il ne savait pas où ils allaient et le paysage qu'il voyait défiler par la vitre de l'auto ne lui disait rien. La route était longue et, lorsque enfin ils arrêtèrent de rouler, Guillaume et lui étaient tous deux fatigués et grognons.

En sortant de la voiture, Guillaume s'était mis à courir. Ils étaient dans un immense champ et Guillaume courait à toute vitesse, loin d'Anguille et de ses parents. Anguille l'avait suivi. Il courait aussi vite que ses jambes le lui permettaient, ce qui n'était pas très rapide, puis, dans son rêve, il s'était mis à voler.

Il avait vite rejoint Guillaume. Ce dernier était hors d'haleine et il se tenait les côtes en riant. Il fit signe à Anguille de descendre le rejoindre. Anguille plongea vers le sol, mais soudain, tout changea. Il se rendit compte que son frère se tenait au bord d'une falaise. Ce dernier, sans s'apercevoir du danger derrière lui, riait toujours et faisait signe à Anguille de s'approcher.

Anguille voulut prévenir son frère, mais aucun son ne sortit de sa bouche. Il voulut courir vers lui, mais ses jambes refusèrent de le porter.

Guillaume recula d'un pas, puis d'un autre, se rapprochant de plus en plus du précipice.

Soudain, Anguille put de nouveau bouger ses jambes. Il se précipita vers le bord de la falaise pour prévenir son frère. Mais il ne fit que rester là, à regarder Guillaume, sans rien dire.

Guillaume recula d'un pas et il rencontra le vide.

Pendant un moment, il resta suspendu dans les airs, un peu comme le font les personnes des dessins animés avant de plonger vers le sol. Il regarda son jeune frère avec des yeux pleins de consternation et de douleur.

Puis il tomba.

Anguille resta au bord de la falaise à regarder son frère tomber dans l'abîme.

CHAPITRE 12

Tout était silencieux et paisible. La ville était ense-
velie sous plusieurs centimètres de neige. Anguille ne
se souvenait pas d'en avoir vu autant à Noël.

Ses parents lui avaient offert une paire de skis de
fond. Il en rêvait depuis que Guillaume, l'année précédente, lui avait payé une fin de semaine de ski de randonnée comme cadeau de Noël. Tout en glissant dans
la neige blanche, Anguille se disait que ç'avait été le
plus beau cadeau qu'il avait jamais eu.

Il se souvenait de l'arrivée de Guillaume, quelques
jours avant Noël. Son frère était resté jusqu'en janvier.
Anguille revoyait chacun des jours qu'ils avaient
passés ensemble : les achats de dernière minute, les
conversations dans leur chambre le soir.

Guillaume répondait à toutes ses questions, même
celles au sujet des filles. Mais en y repensant bien,
Anguille se souvenait que ses réponses étaient bien
vagues et qu'il ne parlait jamais de sexualité.

Et à Noël, Guillaume lui avait offert une fin de
semaine en ski de randonnée. Une fin de semaine où ils
seraient seuls tous les deux, sans leurs parents. Quel
cadeau !

Guillaume avait apporté ses skis de randonnée et ils en avaient loué une paire pour Anguille. Leur fin de semaine avait été merveilleuse.

Anguille se souvenait avoir confié à son frère, lors d'une conversation, qu'il avait hâte d'aller à l'université.

— C'est vraiment super, avait répondu Guillaume. On est beaucoup plus libre. Les gens ne te jugent pas autant. Tu peux vraiment être toi-même.

— Mais tu as toujours été toi-même.

Guillaume n'avait pas répondu. Ce soir-là, ils avaient soupé au restaurant, puis ils s'étaient installés devant le feu de foyer avec un bon livre.

Anguille voulait que la fin de semaine dure indéfiniment.

Cette année, cependant, il n'avait qu'une hâte : que les vacances se terminent au plus vite. C'était beaucoup trop tranquille sans Guillaume. Lorsqu'ils avaient déballé leurs présents, Anguille avait été surpris de découvrir un cadeau pour lui de la part de Guillaume. Anguille avait pris tout son temps pour l'ouvrir. C'était une très belle chemise douce au toucher, juste comme il les aimait. Une petite note accompagnait le cadeau. « J'ai pensé que tu aurais besoin de quelque chose de spécial à porter pour tes rendez-vous amoureux. Ton frère, Guillaume. » Lorsque Anguille était monté dans sa chambre, un peu plus tard, il avait jeté la chemise au fond de sa penderie.

De nouveau, il se remit à penser à la veille. Le téléphone avait sonné juste avant le repas de Noël. C'était lui qui avait répondu. Son frère était au bout de la ligne.

— Archie.

— Guillaume, avait soufflé Anguille.

— Comment vas-tu ?

— Bien.

— Tu me manques. Tu me manques beaucoup.

Anguille voulait lui répondre qu'il lui manquait terriblement, lui aussi, mais il en avait été incapable. Sa bouche était soudain devenue toute sèche, comme du papier sablé.

— Tu es toujours fâché ? avait demandé Guillaume.

Anguille n'avait rien répondu.

— Archie, qui est au téléphone ?

Anguille s'était retourné pour voir son père arriver en s'essuyant les mains sur son tablier.

Juste à l'expression qui se peignait sur le visage de son père, Anguille avait pu savoir que ce dernier avait deviné qui était au bout du fil. Alors son père l'avait envoyé dans une autre pièce et, de là, il avait pu entendre son père hausser le ton avant de raccrocher avec force le combiné.

Anguille terminait son deuxième tour de parc. Sa respiration se faisait plus lourde et il suait.

Leur équipe de basket-ball avait bien joué et cela incluait Anguille. Ils avaient de bonnes chances de faire les demi-finales.

Pour ses notes, par contre, c'était une toute autre histoire.

— Tu devras travailler davantage, avait dit son père en étudiant le relevé de notes d'Anguille.

— Nous savons que ces derniers mois n'ont pas été faciles, avait ajouté sa mère.

— Mais tu ne dois pas penser à cela, dit son père d'un ton ferme. Cela ne doit pas te nuire dans tes études.

Il était presque arrivé. Plus il se rapprochait de chez lui, plus il ralentissait l'allure. Habituellement, il aimait les vacances de Noël parce qu'il avait l'occasion de passer plus de temps avec son frère. Mais cette année, les journées avaient été longues et ennuyeuses. Il n'avait personne avec qui sortir. Joey passait Noël en Italie, et Louis, dans sa famille. Alonzo, pour sa part, était allé rendre visite à ses grands-parents dans le Michigan.

En arrivant chez lui, Anguille vit sa mère discuter avec une jeune fille sur le pas de la porte. Cette dernière se retourna.

— Anguille ! s'écria-t-elle en se dirigeant vers lui.

— Bonjour, Mélanie, fit Anguille en faisant un signe avec son bâton.

Il se rendit compte qu'il était très content de la voir. Elle avait recommencé à lui parler la semaine avant les vacances de Noël et Anguille s'en était senti soulagé. Il n'aimait pas l'idée d'être en mauvais terme avec quelqu'un, surtout avec quelqu'un d'aussi bien que Mélanie.

En la regardant venir vers lui, les joues rosies par le froid et les yeux brillants, Anguille la trouva presque belle.

— Joyeux Noël ! souhaita-t-il.

— Toi aussi, répondit Mélanie. Comment se passent tes vacances ?

— Bien. Mais un peu ennuyeuses.

— Les miennes aussi, fit Mélanie en riant. Tout le monde est parti. Je t'ai apporté quelque chose, ajouta-t-elle après une légère pause, en lui tendant le long tube en carton qu'elle cachait derrière son dos. Je voulais l'offrir à mon cousin pour son anniversaire, le mois dernier, mais il n'aimait pas vraiment ça. Alors j'ai pensé que ça te ferait peut-être plaisir.

— Oh, merci ! Veux-tu entrer un peu ? Prendre un chocolat chaud ?

— J'aimerais bien, mais j'ai promis à maman de l'accompagner dans les magasins.

— Dans ce cas, amuse-toi bien… On pourrait peut-être sortir un de ces jours avant la fin des vacances, lança soudain Anguille juste comme elle s'éloignait.

— D'accord ! répondit Mélanie les yeux brillants.

— Je t'appellerai.

Il la regarda partir, puis il rentra, rangea ses skis et se dévêtit. Il se fit couler un bon bain chaud, s'installa sur son lit et ouvrit le tube en carton.

C'était une immense affiche de Isiah Thomas, des Pistons de Détroit, un des meilleurs joueurs de basket-ball qu'il connaisse. Anguille s'empressa de le punaiser sur son mur, près de l'affiche de Magic Johnson. Puis il se recula pour mieux l'examiner.

Ce n'est qu'à cet instant qu'il se rendit compte que Mélanie lui avait menti. L'enveloppe qui contenait l'affiche n'avait jamais été ouverte. Elle ne l'avait donc pas achetée pour son cousin.

Elle l'avait achetée juste pour lui.

CHAPITRE 13

Deux jours plus tard, au moment où Anguille s'y attendait le moins, Tom l'appela.

— Je vais chez Smiley avec quelques amis ce soir. Tu veux venir?

Anguille hésita. Puis il se dit que Tamara y serait peut-être, elle aussi, alors il accepta l'invitation.

— On se revoit là-bas, vers dix-neuf heures trente.

Anguille raccrocha et alla lire dans sa chambre. Il n'avait parcouru que quelques lignes quand la sonnerie du téléphone se fit de nouveau entendre.

— Anguille, c'est pour toi, lança sa mère. C'est une fille.

Anguille sauta en bas de son lit. Mélanie. Il avait pensé lui téléphoner, mais ne voulant pas se montrer trop empressé, il avait décidé de ne l'appeler que le lendemain.

— Bonjour, Anguille, dit une voix qui n'était définitivement pas celle de Mélanie.

— Tamara! s'exclama Anguille, surpris.

— Je t'appelle parce que mes parents seront absents au jour de l'An et mon frère et moi avons décidé d'organiser une fête. Je voulais t'inviter.

— Au jour de l'An, répéta Anguille en essayant de rester calme… voyons… Je ne pense pas avoir quelque chose de prévu. Oui, pourquoi pas ?

— Formidable ! s'écria-t-elle avant de lui donner son adresse. Je suis vraiment heureuse que tu acceptes.

Lorsqu'elle eut raccroché, Anguille resta un moment figé, le récepteur en main. Quand les gars sauraient ça !

— Des sous-vêtements, des vêtements… c'est toujours la même chose, ronchonnait Marco tandis qu'ils dégustaient des hamburgers et des frites. Tom et Bob étaient là aussi et Anguille se sentit soulagé de voir que Benoît et Luc y étaient aussi.

Chacun racontait le Noël qu'il avait passé.

— Pourquoi les parents ne nous offrent-ils jamais ce que nous leur demandons, soupira Luc.

— Moi, mes parents me donnent toujours de l'argent. Je peux alors m'acheter ce dont j'ai envie, expliqua Tom.

« Comme c'est impersonnel », songea Anguille.

— Alors, vous avez tous des projets pour le Nouvel An ? demanda Tom, les sourcils froncés.

— Je vais sûrement passer la soirée avec Michèle, fit Benoît.

— Moi je suis invité à une fête chez Tamara, s'écria Tom. Ses parents sont absents et elle m'a invité aujourd'hui.

— Pouvons-nous y aller ? demandèrent Bob et Marco.

— Désolé, les gars. Mais d'après ce qu'elle m'a dit au téléphone, j'ai bien l'impression que ce sera une petite fête intime. Juste elle et moi.

— Non, trancha Anguille, parce qu'elle m'a aussi invité aujourd'hui.

Tom arrêta de mastiquer. Tous étaient silencieux.

— Elle t'a invité?

Soudain, Anguille se sentit mal à l'aise.

— Elle a probablement invité beaucoup d'autres personnes, précisa-t-il en faisant un geste vague de la main.

— C'est vraiment ce qu'on appelle une soirée intime, Tom, se moqua Benoît.

— Je m'étais tout simplement trompé, fit Tom. Alors, les gars, je pense que vous pouvez venir. Si elle a invité Anguille, n'importe qui d'autre peut y aller.

Les yeux d'Anguille croisèrent ceux de Tom et, pendant un instant, Anguille se sentit désolé pour lui. Il connaissait ce regard qui signifiait: Je me suis fait avoir.

Anguille regarda ailleurs. La fête promettait d'être intéressante.

CHAPITRE 14

Anguille prit une profonde inspiration et sonna. Après quelque temps, Benoît ouvrit la porte.

— Salut, Anguille, cria-t-il. Entre.

Anguille sourit et donna une claque dans le dos de son ami.

— Tu peux déposer ton manteau en haut, dans la chambre de Tamara, cria de nouveau Benoît pour couvrir le son. Troisième porte à droite.

Anguille grimpa les marches. Depuis qu'elle l'avait appelé, il avait Tamara en tête vingt-quatre heures sur vingt-quatre. Il déposa son manteau sur le lit, parmi les autres et, avant de quitter la pièce, il se regarda dans le miroir. Il avait pris beaucoup de soin à se préparer pour cette soirée. « Si ce n'était pas de ces taches de rousseur, se dit-il, tu ne serais pas mal ».

En arrivant en bas, il prit un soda dans le réfrigérateur et salua les autres personnes qu'il connaissait. Mais impossible de trouver Tamara. Lentement, il se faufila parmi les invités, jusqu'au salon.

C'est alors qu'il la vit. Elle était superbe dans sa robe tube noire, les cheveux relevés.

Il se fraya un chemin vers Tamara parmi les invités, mais s'arrêta bien vite en voyant Tom se diriger aussi vers elle, mais beaucoup plus vite que lui. Il observa Tom lui murmurer quelque chose à l'oreille. Tamara rejeta sa tête vers l'arrière en éclatant de rire. Puis elle suivit Tom sur la piste de danse et tous deux se mirent à bouger au rythme de la musique.

Anguille se laissa tomber sur un fauteuil en cuir noir et soupira. Il essaya de se convaincre qu'il ne pouvait rien faire. C'était tout de même gentil de la part de Tamara de l'avoir invité.

Benoît se laissa tomber à ses côtés.

— Parle-moi de tes vacances, lui dit Anguille en se penchant pour prendre une poignée de chips. Puis il se redressa et se mit à discuter avec Benoît, bien décidé à passer une agréable soirée.

— Plus que trente minutes avant minuit! s'écria quelqu'un.

De sa place, Anguille pouvait voir Tamara dans un coin, avec Tom. Mais elle ne riait plus. Elle semblait tendue et fâchée. Tom n'avait guère l'air plus heureux. Après quelques minutes, Tamara se retourna brusquement et s'éloigna, laissant Tom au beau milieu de sa phrase. Tom resta sur place, bouche bée. Il jeta un coup d'oeil autour de la pièce et Anguille s'empressa de regarder ailleurs.

— Anguille, bonjour!

Anguille se retourna. Tamara était derrière lui et lui souriait, les yeux brillants. Était-elle vraiment la même jeune fille qui, un instant auparavant, se disputait avec Tom?

— Je suis si heureuse de te voir, poursuivit-elle. Tu es arrivé depuis longtemps?

— Oh, environ trois heures.

— Je suis désolée de ne pas t'avoir parlé avant, mais… De toute façon, me voici pour le reste de la soirée. Je suis toute à toi. Tu danses?

Elle lui tendit le bras et le conduisit sur la piste de danse.

Anguille avait la tête qui tournait. Bien qu'il n'aimait pas vraiment danser sur des airs rapides, il ne pouvait pas laisser passer une telle chance. Anguille se sentait plutôt gauche, mais Tamara s'en donnait à coeur joie, le regardant de temps à autre et lui adressant un sourire sexy.

Anguille jeta un coup d'oeil autour de la pièce. Tom semblait avoir disparu. Il sentit ses muscles se détendre et il se concentra sur ses pas.

— C'est le décompte! cria quelqu'un.

Tous se mirent à compter. Tamara serra le bras d'Anguille.

— Quatre, trois, deux, un! Bonne année!

— Bonne année, Anguille! s'exclama Tamara en l'embrassant rapidement, mais fermement sur les lèvres. Dansons.

Quelqu'un avait mis une musique beaucoup plus lente. Tamara jeta ses bras autour du cou d'Anguille. Avec maladresse, Anguille la prit par la taille. Tamara se serra contre lui et posa sa tête contre sa poitrine. Lentement, Anguille se détendit. Il la serra plus fort.

C'était si bon. Ses cheveux caressaient son menton et ses seins s'appuyaient contre sa chemise. Elle lui caressa le dos d'un lent mouvement circulaire.

Lorsque la chanson fut terminée, Anguille retint Tamara contre lui encore quelques instants. Cette dernière n'offrit aucune résistance. Il souhaitait que l'autre chanson soit encore un slow. Mais un rythme rapide se fit entendre.

— Tu veux voir ma chambre? offrit Tamara.

Anguille s'empressa de la suivre. Une fois dans la pièce, Tamara referma la porte derrière eux. Elle alluma la lampe de chevet avant de s'asseoir sur le lit.

Anguille s'assit auprès d'elle.

— Et si quelqu'un vient? s'inquiéta-t-il.

— Impossible, j'ai fermé à clé, répondit Tamara.

Anguille avait le coeur qui battait à tout rompre et il pouvait sentir une sueur froide et moite perler sur sa peau.

C'était le grand moment. Il allait au moins embrasser sérieusement Tamara et peut-être aussi la caresser…

Il déglutit avec difficulté. Pourquoi avait-il la bouche si sèche? Le lit grinça lorsque Tamara s'approcha davantage de lui. Elle lui prit la main.

Pouvait-elle sentir qu'il tremblait? Il ne s'était jamais senti si peu sûr de lui de sa vie. Sa poitrine lui faisait mal et son corps semblait être en *jell-o*. Anguille se tourna vers Tamara. Cette dernière le regardait avec curiosité.

Tamara repoussa quelques manteaux et se coucha sur le lit. Anguille n'osait pas la regarder. Elle lui saisit le bras et l'attira vers elle.

Anguille se coucha sur le dos et fixa le plafond. Il avait si souvent rêvé de cette situation. Dans ses rêves, tout se passait si bien…

Tamara se tourna sur le côté et se releva sur un coude.

— Quelque chose ne va pas ? demanda-t-elle.

— Non, non.

— Tu préfères redescendre ?

— Non, s'exclama-t-il soudain en lui saisissant la main et en l'attirant sur le lit.

Il se pencha lentement vers elle et ferma les yeux. Il voulut l'embrasser, mais manqua ses lèvres et l'embrassa sur le nez à la place.

— Un peu plus bas, fit remarquer Tamara en éclatant de rire.

Il l'embrassa d'abord du bout des lèvres, puis avec plus d'intensité. Son bras, mal placé sous le corps de Tamara, commençait à s'ankyloser et à lui faire mal. Anguille essayait de se convaincre de penser à autre chose et de se détendre, mais son corps était aussi raide qu'un tronc d'arbre.

Tandis qu'il l'embrassait, son coeur battait plus vite et un sentiment de panique le prenait à la gorge. Lorsqu'il voulut lui caresser les cheveux, ses doigts se prirent dans ses boucles.

Soudain, Tamara se dégagea de son étreinte et se redressa. Ses épaules tressautaient.

— Qu'est-ce qui ne va pas ? demanda Anguille qui avait l'impression qu'elle pleurait.

Mais Anguille se rendit compte que Tamara riait.

— Qu'y a-t-il de si drôle ? demanda-t-il en s'assoyant et en frictionnant son bras ankylosé.

— Tu es si mignon! rigola-t-elle. Je veux dire si drôle! C'est la première fois, n'est-ce pas?

Anguille pouvait sentir la sueur lui couler dans le dos. Il se leva d'un bond, chercha son manteau parmi les autres et l'enfila.

— Je dois partir, déclara-t-il en se dirigeant vers la porte.

— Non, reviens. Je blaguais, lança Tamara.

Mais il ne l'entendait pas. Il sortit de la chambre et dévala les marches à toute vitesse. Lorsqu'il eut la main sur la poignée de la porte, un voix lui demanda:

— Alors, tu t'es bien amusé?

Anguille se retourna pour voir Tom, près du foyer, les bras croisés, le visage reflétant une expression de colère et de douleur.

Anguille ne répondit pas. Il ouvrit la porte et sortit dans la nuit glaciale.

CHAPITRE 15

Ce soir-là, Anguille rêva d'une belle journée printanière, chaude et ensoleillée. Il marchait main dans la main avec Tamara, le long d'une plage. Même s'il s'agissait d'un rêve, il pouvait sentir toute la douceur de sa main. Elle lui souriait. Il se sentait fort et sûr de lui. En les croisant, les gens souriaient et Anguille entendit une dame âgée soupirer : « Quel beau couple ! »

Puis son rêve changea. Ils étaient sur une plage différente. Anguille était incapable de reconnaître l'endroit. Le temps se gâta. De lourds nuages se formèrent au-dessus de leur tête et un vent fort se mit à souffler

Tamara se pencha vers lui. Il la serra très fort et ils se mirent à rire. Elle se serra davantage contre lui et lui sourit. Alors ils échangèrent un long baiser passionné. Leur respiration se fit plus lourde et Tamara fit entendre un doux gémissement. Anguille finit par s'éloigner d'elle pour la regarder, lui caresser le visage, voir son sourire…

Mais le visage qui le regardait était celui d'Alonzo.

— Ne t'arrête pas, disait Alonzo. C'est si bon.

Il attira le visage d'Anguille vers le sien et ils s'embrassèrent de nouveau. C'était bon. Aussi bon qu'avec Tamara.

Lorsque Anguille regarda de nouveau, Tom avait remplacé Alonzo.

— Fifi! s'écria ce dernier.

— Non, ce n'est pas vrai! voulut protester Anguille.

— Laisse tomber, Anguille, répondait Tom. Tout le monde est au courant.

Anguille se mettait à courir le long de la plage, loin de Tom, mais c'était comme s'il courait sur une trépigneuse. Il ne pouvait pas avancer, peu importe tous les efforts qu'il déployait. Chaque fois qu'il se retournait, il voyait le visage de Tom, à quelques centimètres du sien, riant et criant «fifi» encore et encore, jusqu'à ce qu'il se réveille, en nage et effrayé.

CHAPITRE 16

— On dirait que vous avez oublié comment jouer au basket-ball pendant les vacances, leur disait l'entraîneur Singleton après leur première séance d'entraînement de l'année. Tous aux douches !

Anguille se dirigea vers le vestiaire en passant devant Tom qui l'avait regardé avec un sourire moqueur aux lèvres chaque fois qu'il en avait eu l'occasion. Anguille avait fait de son mieux pour l'ignorer.

Il se sentait fatigué, épuisé. Il n'avait pas d'énergie. Son corps et son esprit lui donnaient l'impression d'être une éponge gonflée d'eau. Il espérait que quelqu'un allait le tordre pour qu'il puisse se sentir de nouveau léger et normal.

La journée s'était déroulée de mal en pis. Son professeur d'histoire lui avait demandé de rester après la classe. Il voulait savoir s'il avait des problèmes à la maison à cause de ses mauvaises notes. Puis en se rendant à son casier, il avait rencontré Mélanie. Elle lui avait jeté un regard glacial et avait continué son chemin, comme s'il n'existait pas. C'est alors qu'il s'était souvenu qu'il avait promis de l'appeler pendant les vacances. Il avait complètement oublié de le faire. Et il ne l'avait même pas remerciée pour le cadeau qu'elle lui avait offert.

Ensuite, à l'heure du dîner, il avait aperçu Tamara assise avec un groupe d'amies. Il aurait pu jurer qu'elles l'avaient regardé avant d'éclater de rire.

Au moins, Joey et Louis étaient toujours ses amis. Mais entre le basket-ball et ses études, il les voyait rarement.

Alonzo se glissa sur le banc, à ses côtés.

— On fait quelques paniers, demain midi? demanda-t-il.

— Je veux bien, répondit Anguille en souriant.

Il se dévêtit, entoura sa serviette autour de ses reins et se dirigea vers les douches. Il choisit celle qui était le plus loin, ouvrit les robinets et resta sous le jet d'eau chaude. Ses muscles se détendirent peu à peu. Pendant un moment, du moins, l'eau savonneuse sembla emporter toutes ses anxiétés.

Cela ne dura pas.

— Qu'est-ce que tu regardes? demanda une voix furieuse.

Anguille sortit de sa torpeur pour se rendre compte qu'il fixait le corps du garçon qui se douchait juste à côté de lui. Le corps de Tom.

— Rien, marmonna Anguille en se retournant.

— Tu regardais mon pénis, hein?

Il y eut soudain moins de bruit dans les douches. Quelques gars regardèrent de leur côté.

— Tom, il ne t'est jamais venu à l'idée que ton cerveau n'était pas plus gros qu'un pois? demanda Alonzo, les mains sur les hanches.

— Tais-toi, fifi!

— Hé, Schenk, fit Benoît, les yeux pleins de menace. Laisse tomber.

— Tu es simplement jaloux parce qu'Anguille a volé ta petite amie, ajouta Luc.

C'était donc ça! Anguille voulait rassurer Tom et lui dire de ne pas s'inquiéter parce que Tamara ne s'intéressait probablement plus à lui, mais ce n'était pas l'endroit pour le faire.

Tom éclata de rire.

— C'est ce que vous pensez, se moqua-t-il. Il se trouve qu'Anguille n'aime pas les filles. Tamara me l'a dit. Ils étaient tous les deux seuls dans sa chambre et il a été incapable de faire quoi que ce soit.

Anguille sentit son estomac se nouer. De quoi parlait Tom? Il ferma les robinets et saisit sa serviette qu'il enroula autour de ses reins. Puis il se dirigea vers son banc sans un seul regard pour Tom. Comment Tamara pouvait-elle lui faire une telle chose? Comment avait-elle pu raconter ce qui s'était passé entre eux? C'était personnel.

— Ça ne vous regarde pas, ce qui s'est passé, marmonna-t-il en finissant de se vêtir.

Il saisit son sac et se précipita en dehors du vestiaire.

« D'accord, Tom, pensa-t-il. Tu as gagné. Tu as réussi à m'humilier complètement. Et tu ne pouvais pas le faire sans l'aide de Tamara. »

Il se précipita vers la sortie. Comment pourrait-il

affronter de nouveau Tom et les autres gars ? Comment pourrait-il regarder Tamara en face ?

— Anguille, attends ! s'écria Alonzo.

— Je dois me dépêcher de rentrer, marmonna Anguille. Je te parlerai une autre fois, d'accord ?

Il ouvrit la porte. L'air froid de janvier l'atteignit comme une décharge électrique. Derrière lui, Alonzo cogna contre la vitre.

— On se voit toujours demain midi ? cria-t-il.

— Bien sûr !

— Tu es certain que tu vas bien ?

Anguille fit signe que oui. Il se retourna et enfonça ses mains dans ses poches, les yeux rivés sur le trottoir tandis qu'il rentrait chez lui.

CHAPITRE 17

À Degrassi, Guillaume avait été un gars populaire. Tous les vendredis et samedis soirs, il était invité à des fêtes ou il sortait. Anguille allait se coucher après avoir regardé la télévision et, vers minuit ou plus tard, Guillaume entrait dans la chambre sur la pointe des pieds, se déshabillait en silence et se glissait dans son lit.

— Avec qui es-tu sorti, ce soir? murmurait Anguille dans le noir.

— Tu ne dors pas encore? J'étais avec Alison. On est allé au cinéma, puis chez Smiley.

— Tu l'as embrassée?

— Ça ne te regarde pas. Bonne nuit, Archie.

Anguille se demandait si son frère avait toujours dit la vérité à ses parents. Sortait-il toujours avec une fille ou un groupe d'amis? Ou sortait-il seul avec un gars? Un autre homosexuel?

Mais Anguille savait que son frère était sorti avec des filles. Beaucoup de filles. Il se souvenait d'un soir, alors qu'il avait douze ans et que Guillaume en avait dix-sept. Ses parents les avaient laissé seuls pour la fin de semaine. Une fille était venue le samedi soir. Elle s'appelait Moira. Anguille se souvenait qu'il n'avait pas été heureux de la voir arriver. Il aurait aimé passer une autre soirée seul avec son frère. À vingt-trois heures, Guillaume avait envoyé Anguille se coucher.

Environ une heure plus tard, il avait eu soif. Il était allé se verser un verre d'eau à la cuisine et avait entendu des petits rires étouffés. Il n'avait pu s'empêcher de jeter un coup d'oeil dans la salle de séjour et il avait vu son frère et Moira étroitement enlacés, à moitié dévêtus, échangeant des baisers passionnés.

Il avait été furieux contre Guillaume, sans trop savoir pourquoi. En sortant de la pièce, il avait claqué la porte de toutes ses forces avant de courir à l'étage.

Son frère était vraiment sorti avec des filles. Mais il était tout de même homosexuel. Et lui, il était incapable d'être seul avec une fille sans tout gâcher.

Qu'est-ce que cela signifiait?

CHAPITRE 18

— Je t'ai apporté un cadeau de Noël, dit Alonzo à Anguille, le lendemain après-midi, alors qu'ils se changeaient après avoir lancé quelques paniers.

— Vraiment ? Tu n'aurais pas dû !

Alonzo fouilla dans son sac de gymnastique et en sortit un petit paquet qu'il tendit à Anguille. Ce dernier déchira l'emballage et ouvrit la petite boîte.

À l'intérieur, il y avait une petite statuette en terre cuite d'un grand gars tenant un ballon de basket-ball. En lettres rouges, à la base, on pouvait lire : « Au meilleur des joueurs ».

— Merci, fit Anguille en souriant. Maintenant, j'ai mon propre trophée.

— Je pense que tu as de bonnes chances de remporter le vrai trophée, au printemps.

— Nous verrons. Tom est encore le meilleur joueur.

— Mais pour gagner ce trophée, tu dois aussi être aimé de tes coéquipiers. Et Tom a peu de chance dans cette catégorie.

— Merci encore pour le cadeau, s'exclama Anguille en donnant une tape amicale à Alonzo, tandis qu'ils quittaient le vestiaire.

— Oh, regardez, n'est-ce pas charmant ? Les amoureux qui partagent un tendre moment.

Anguille figea sur place. Lui et Alonzo levèrent la tête. Tom, Bob et Marco se trouvaient devant eux, dans le couloir.

— Je suis désolé pour ta mère, répliqua Alonzo. Elle doit pleurer chaque soir d'avoir un fils tel que toi.

— Ne t'avise pas d'insulter ma mère ! lança Tom, le visage sombre.

— Viens, Anguille, dit Alonzo. Partons d'ici. Ça sent mauvais.

— Je sais maintenant pourquoi vous passez tant de temps ensemble, vous deux, dit Tom d'une voix beaucoup trop forte. Vous faites semblant d'aimer le basket-ball, mais, en réalité, vous êtes amoureux l'un de l'autre.

D'autres jeunes arrivaient. Anguille se dit qu'il fallait partir au plus vite. Il accéléra le pas.

— Quelle ordure ! siffla Alonzo entre ses dents. Quel sac d'ordures ! Je déteste ce type.

Anguille demeurait silencieux. Il essayait de se persuader que Tom lui en voulait à cause de Tamara. Il allait bientôt s'en lasser. Il devait juste patienter quelques jours. Il avait tort.

Deux semaines plus tard, Tom ne s'était toujours pas calmé. Chaque fois qu'il voyait Alonzo et Anguille dans une même pièce, ce qui était presque chaque jour, il faisait son petit numéro du couple d'amoureux.

Anguille essaya de l'ignorer. Mais ça n'était pas

facile. Surtout quand il eut l'impression que d'autres jeunes, même Benoît et Luc, s'étaient mis à le traiter différemment. Ils étaient plus distants. À moins que ce ne soit son imagination ? Il ne savait pas.

Ce soir, ils avaient joué chez les Banting. Ils avaient gagné la partie et, tout en se douchant, ils faisaient des projets pour la soirée.

Anguille vit Tom prendre sa douche. Il se dévêtit lentement, attendant que ce dernier ait terminé pour aller se doucher à son tour.

Alonzo se laissa tomber sur le banc, à côté de lui.

— Tu fais quelque chose, ce soir ? Veux-tu que nous allions quelque part ?

Anguille tressaillit. Alonzo avait-il besoin de parler si fort ? Il jeta un coup d'oeil autour de lui, mais les autres étaient trop absorbés par leur conversation pour l'avoir entendu.

— Je ne sais pas, marmonna Anguille. Je n'y ai pas pensé. On s'en reparlera plus tard, d'accord ? Je vais me doucher.

Anguille s'éloigna d'Alonzo, choisit une douche près de Benoît et ouvrit les robinets. Alonzo s'installa de l'autre côté d'Anguille. Anguille se demandait s'il le faisait exprès.

Bien entendu, Tom en profita pour se moquer d'eux une fois de plus. Anguille ferma les yeux et prit une profonde inspiration. Puis il ferma les robinets, se changea rapidement et se précipita dehors.

— Anguille ! appela Alonzo. Est-ce que tu veux sortir ou non ? Qu'est-ce que tu as ?

— Rien, répondit Anguille. Laisse-moi tout seul.

Il s'élança à grands pas dans la rue. Lorsqu'il se retourna, Alonzo avait disparu.

Il avait l'impression de devenir fou. Comme s'il était tombé dans un trou profond d'où il ne pouvait pas sortir. Si seulement Guillaume était là, il pourrait lui parler.

Il ne savait plus où il en était. Même ses parents s'inquiétaient à son sujet. Était-il gai? Il se disait parfois que tout irait beaucoup mieux s'il le savait.

Mais même s'il était gai, il était certain d'une chose: personne ne le découvrirait. Il savait que Tom était infâme. Mais il savait aussi qu'il était dangereux. «Bien, tu sais ce qu'il te reste à faire, maintenant, se dit-il. Tu dois faire ce qu'il faut pour que Tom te fiche la paix.»

CHAPITRE 19

Pendant les semaines qui suivirent, Anguille évita
Alonzo. Il arrivait en classe à la toute dernière minute,
s'installait aussi loin que possible de son ami et l'igno-
rait complètement aux séances d'entraînement. Un
vendredi, après une de ces séances, Alonzo rattrapa
Anguille qui s'empressait de rentrer chez lui.

— Alors, que se passe-t-il ? demanda-t-il tout
essouflé. Tu m'évites comme si j'étais contagieux. Je
veux en connaître la raison. Et sois honnête avec moi,
Anguille. C'est à cause de Tom, hein ?

Anguille fixa le bout de ses souliers sans répondre.

— Je n'arrive pas à croire que tu accordes de
l'importance à ce que pense ce type.

— Ce n'est pas juste ce qu'il pense, marmonna
Anguille, c'est ce que tous les autres pensent.

— Et que pensent-ils ?

— Que nous sommes homosexuels ! lança Anguille
pas plus fort qu'un murmure.

— Personne ne pense une telle chose, s'écria
Alonzo. Même Tom ne le pense pas. Il en profite parce

que nous sommes des proies faciles. Et il ne te lâche pas parce qu'il réussit à t'atteindre.

— Mais ne vois-tu pas qu'il ne s'agit pas juste de lui? soupira Anguille. Ne remarques-tu pas que les autres gars nous traitent différemment?

— Non.

— Eh bien, ils le font.

— Et pourquoi t'inquiètes-tu de ce que pensent les autres? De toute façon, même si tu étais gai? Et si j'étais gai? Qu'y a-t-il de mal à cela?

— Mais plein de choses… répliqua Anguille en regardant Alonzo, surpris.

Anguille voulut contourner Alonzo, mais ce dernier l'empêcha de partir.

— Arrêterais-tu d'être ami avec quelqu'un à cause de la couleur de sa peau? Ou à cause de sa religion?

— Non, fit Anguille.

— Et si un de tes amis était gai? Si j'étais gai? Tu ne serais plus mon ami?

— Est-ce que tu l'es? balbutia Anguille.

— Répond à ma question, répliqua Alonzo.

Anguille ne répondit rien. Lorsqu'il leva de nouveau les yeux sur Alonzo, ce dernier le regardait avec froideur.

— Je n'arrive pas à y croire, fit-il en secouant la tête. Moi qui te pensais différent! Mais d'une certaine façon, tu ressembles à Tom. Vous manquez tous les deux de confiance en vous, vous êtes tous les deux obsédés par votre image et vous êtes tous les deux fanatiques.

Sur ce, Alonzo tourna les talons et s'éloigna furieux, la tête haute.

Anguille resta sur place jusqu'à ce que son ami soit hors de vue, puis il rentra chez lui.

CHAPITRE 20

— Au moins, c'est terminé, disait Benoît quelques semaines plus tard.

— Oui, finies les séances d'entraînement à sept heures, ajouta Luc.

Ils venaient de terminer leur partie en demi-finale et ils avaient perdu. Une atmosphère triste régnait au vestiaire.

«Quelle différence avec l'ambiance qu'il y avait eu lorsqu'ils avaient appris qu'ils joueraient en demi-finale», songeait Anguille.

— Ne vous en faites pas, les gars, je suis fier de vous! disait l'entraîneur Singleton. Merci d'avoir été une si belle équipe. Je vous invite tous à prendre une pizza. C'est ma tournée.

Anguille sourit. Il pouvait voir Alonzo à l'autre bout du vestiaire, assis à l'écart, en train de dénouer ses lacets. Alonzo lui manquait beaucoup.

Mais depuis qu'il ne se tenait plus avec lui, Tom lui fichait davantage la paix. Donc, il ne devait pas regretter sa décision. Il s'empressa de se doucher, puis de se changer. Avant de quitter le vestiaire, il y jeta un dernier coup d'oeil. Le basket-ball allait lui manquer.

Au restaurant, Alonzo était assis à une table en compagnie de Benoît et de Luc. Anguille choisit délibérément une autre table. Marco et Bob vinrent s'asseoir en face de lui, sans lui adresser la parole. Peu de temps après, Tom se laissa tomber sur une chaise à ses côtés. Tamara l'accompagnait.

Tom le salua et Tamara lui adressa un petit sourire de pitié. Anguille se tassa sur sa chaise. Ils pensent encore que je suis gai, se dit-il. Que je ne suis pas un vrai homme.

Comment pourrait-il les faire changer d'avis?

Lorsqu'ils eurent terminé leur pizza, Tom, Tamara, Bob et Marco se levèrent et enfilèrent leur veste.

— Vous partez déjà? demanda Anguille.

— Oui, nous voulons un peu d'action, répondit Bob en souriant.

— Tu peux venir, si tu veux, ajouta Tom. Mais tu ne voudras probablement pas. Tu te souviens de l'édifice rouge? C'est là que nous allons.

Anguille prit une profonde inspiration.

— Qu'attendons-nous? lança-t-il. Allons-y!

Lorsqu'ils arrivèrent sur les lieux, Anguille se rendit compte que Tom avait autre chose en tête. Au lieu de rester à distance de l'édifice, il alla se placer juste à côté de la porte.

Les autres le rejoignirent et Anguille resta légèrement à l'écart.

— Qu'allons-nous faire ? demanda-t-il avec un sourire forcé.

Personne ne répondit.

Soudain la porte s'ouvrit. Un jeune sortit, resserra son écharpe autour de son cou et passa devant eux.

— Fifi ! s'écria Tom.

Le jeune le regarda, les yeux remplis de dégoût, mais il ne répliqua pas.

Tom se jeta devant lui, l'insultant de nouveau.

— Ôte-toi de mon chemin, idiot ! marmonna le jeune, les dents serrées.

— Comment m'as-tu appelé ? lança Tom. Je ne trouve pas ça très gentil. Tu vas t'excuser.

Le jeune le regarda sans broncher.

Alors Tom le saisit par la manche de sa veste et le poussa contre le mur.

Anguille se tenait à quelques mètres de là, observant la scène avec un silence stupéfait. Il avait l'impression de regarder un film. Cela ne lui semblait pas réel.

Le jeune était maintenant plié en deux sous les coups de Tom. Ce dernier le releva et lui asséna un coup de poing à la mâchoire.

Tout semblait se passer au ralenti. Anguille, figé sur place, regardait Bob et Marco saisir le gars et lui donner des coups de poing et des coups de pied.

Le jeune se mit à crier : « Arrêtez ! Arrêtez ! À l'aide ! »

Il avait le nez et la bouche en sang.

Anguille se retourna lentement. Tamara se tenait juste derrière lui, immobile comme une statue, ses yeux reflétant à la fois de la répulsion et de la fascination.

Le jeune ne criait plus. Soudain, la porte s'ouvrit et un groupe d'hommes sortit.

— Partons d'ici, s'écria Tom.

Les quatre jeunes se mirent à courir de toutes leurs forces.

Pendant un court instant, Anguille resta là, incapable de bouger. Il remarqua l'expression d'horreur et de crainte qui se peignait sur le visage des hommes qui venaient de sortir. Le jeune, roulé en boule par terre, geignait de douleur.

Anguille se mit à courir, mais pas dans la même direction que les autres.

En arrivant chez lui, il se précipita dans la salle de bains, ferma la porte et se mit à vomir sans pouvoir se contrôler.

«Ce jeune a une famille, des amis», se dit-il en se laissant glisser sur le plancher de la salle de bains. Il avait probablement un travail ou il allait à l'école. Il demeurait peut-être avec ses parents. Il avait peut-être son appartement. Peut-être avait-il aussi un chien ou un chat chez lui. Il aimait peut-être lire ou aller au cinéma.

«Il semblait tellement normal», pensa Anguille en frissonnant même s'il ne faisait pas froid.

Ç'aurait pu être n'importe qui.

Ç'aurait pu être Guillaume.

CHAPITRE 21

— Archie, qu'est-ce qui ne va pas ? lui demanda sa mère, les yeux remplis d'inquiétude.

Ils étaient attablés tous les trois dans la cuisine, devant leur dîner qu'ils n'avaient pas encore touché.

— Rien.

— S'il te plaît, fiston. Nous t'aimons, ajouta son père.

Anguille ne répondit rien. Il fixa tout simplement son assiette.

— Tu sais que tu peux discuter avec nous.

— Comme Guillaume a réussi à le faire ? ne put s'empêcher de lancer Anguille, les yeux brûlants.

Ses parents restèrent silencieux. Il se jetèrent un bref regard.

— Archie a raison, finit par avouer sa mère tout doucement.

— C'est une situation totalement différente, commença son père.

Anguille recula brusquement sa chaise.

— Je vais dans ma chambre.

— Archie ! s'écria sa mère. Reviens. Discutons.

131

Mais Archie monta s'enfermer dans sa chambre.

Un nuage noir planait au-dessus de sa tête. Il se sentait rempli de haine. Il haïssait Tom et Tamara, et Bob, et Marco, mais plus que tout, il se haïssait lui-même. Il n'avait donné aucun coup au jeune, mais il n'avait rien fait pour les arrêter non plus. Et il savait que cela le rendait aussi coupable que les autres.

« Juste parce que je ne voulais pas qu'ils croient que je suis gai », se disait-il maintenant avec dégoût.

Il se leva et se regarda dans le miroir.

— Tu es répugnant, lança-t-il à son image.

Les paroles d'Alonzo lui revinrent en mémoire : « D'une certaine façon, tu ressembles beaucoup à Tom ».

Anguille déglutit. Il ne voulait pas être comme Tom. Il ne voulait ressembler à personne. Il voulait juste être lui-même, peu importe qui il était.

La maison était plongée dans l'obscurité. Il était passé minuit. En passant devant la porte de la chambre de ses parents, Anguille put entendre leur souffle régulier. Il descendit dans la cuisine sur la pointe des pieds.

En faisant le moins de bruit possible, il s'empara du combiné de téléphone et signala le numéro de téléphone de son frère.

— Allo ! fit une voix à l'autre bout de la ligne.

— Guillaume ?

— Non. Juste une minute.

— Anguille regarda le combiné. Était-ce Guillaume ? Il lui semblait entendre deux voix chuchoter à l'autre bout du fil. Dormaient-ils dans le même lit ?

— Allô? dit la voix de son frère. Qui est-ce?

— Guillaume?

— Archie? Qu'y a-t-il?

Anguille ne pouvait réprimer plus longtemps ses sanglots.

— Calme-toi, prends une profonde inspiration, lui conseillait son frère. Tu sais que tu peux me confier ce qui ne va pas.

— Je ne sais pas, finit pas prononcer Anguille. Rien ne va.

— Je me souviens de cette impression, dit doucement Guillaume. Tu me manques beaucoup, Archie, tu sais.

— Tu me manques aussi.

— Ça ne peut plus durer, ajouta soudain Guillaume d'une voix remplie de défi. Je vais venir. Il faut que je te voie. Nous devons discuter. Tu as besoin de parler à quelqu'un.

— Non! s'écria Anguille. Maman et papa…

— Ça m'est égal. C'est toi qui m'inquiètes. Tu es mon frère.

— J'ai une meilleure idée, fit Anguille après avoir songé aux scènes que soulèverait l'arrivée de son frère. Je vais aller te voir.

— Bien, fit Guillaume. Si c'est ce que tu désires. J'aimerais beaucoup que tu viennes ici.

— Je peux venir cette fin de semaine?

— Oui, mais que vas-tu raconter aux parents? Et as-tu suffisamment d'argent pour prendre le train?

— Je vais m'arranger. J'arriverai par le train de samedi matin.

— Je t'attendrai à la gare. J'ai vraiment hâte de te voir, Archie.

— Moi aussi.

— Je t'aime.

Anguille avait les mains qui tremblaient. Il essuya les larmes de son visage, puis prononça doucement:

— Moi aussi.

CHAPITRE 22

Par la fenêtre du train, Anguille regardait les maisons qui défilaient, remplaçant les vieux arbres majestueux qui se dressaient à cet endroit avant leur construction.

Il pouvait voir son reflet dans la vitre, visage triste fuyant cette scène. Il tenta de fouiller son regard, comme s'il espérait y trouver une réponse à la question qu'il se posait.

«Tu devrais essayer de dormir», se dit-il. Mais il savait que c'était impossible. Depuis qu'il avait téléphoné à son frère, le lundi soir, il avait été incapable de dormir profondément. Chaque nuit, il se retournait sans cesse dans son lit, se demandant s'il avait pris la bonne décision. Plus d'une fois, il avait pris le combiné dans ses mains pour dire à Guillaume qu'il ne pourrait pas lui rendre visite. Mais il avait toujours raccroché avant d'avoir terminé de composer le numéro.

Le jeudi après-midi, il avait décidé qu'il irait. Mais sachant qu'il ne pouvait pas dire la vérité à ses parents, il concocta un mensonge. Il avait besoin d'aide.

Après l'école, il attendit Joey près de son casier.

— Hé, Anguille ! s'écria Joey en lui donnant une tape dans le dos. Je suis désolé pour votre dernière partie. Mais vous avez tout de même très bien joué. Tu étais un des meilleurs joueurs de l'équipe. Je suppose que, maintenant, nous pouvons reprendre notre amitié à plein temps ? blagua-t-il.

— Oui, répondit Anguille en souriant.

Il aurait aimé lui dire à quel point il lui avait manqué.

— Écoute, j'ai une faveur à te demander. Pouvons-nous aller quelque part ? Chez Smiley ou ailleurs ?

— Oui, allons-y.

— J'ai besoin que tu me couvres pour la fin de semaine, expliqua Anguille en mangeant des frites avec de la sauce.

— Pourquoi ?

— Je veux aller voir mon frère à London. Mes parents et mon frère se sont disputés il y a quelque temps. Si je leur demande la permission d'aller voir Guillaume, ils refuseront, c'est certain. Et j'ai vraiment besoin de le voir.

— Quelle sorte de dispute ont-ils eue ?

— C'est une longue histoire ! soupira Anguille.

— J'ai tout mon temps.

— Je préférerais ne pas en parler.

— Écoute, Anguille, je suis ton meilleur ami, pas vrai ? Et tu me demandes de te couvrir pour la fin de semaine. Si je dois mentir pour toi, j'aimerais bien en connaître la raison.

136

— Tu n'en parleras à personne? demanda Anguille en regardant Joey droit dans les yeux.

— Promis.

— Guillaume est homosexuel! lança-t-il après avoir pris une profonde inspiration.

Il fut surpris de voir que les mots étaient sortis aussi facilement de sa bouche. C'était la première fois qu'il les prononçait à voix haute.

— Guillaume? s'étonna Joey. Le pauvre.

— Il affirme qu'il est heureux.

— Je ne parle pas de maintenant, je parle de sa jeunesse. Comme il a dû se sentir seul.

— Je ne sais pas, fit Anguille en haussant les épaules. Il m'a toujours semblé être heureux.

— Tu imagines… ne jamais pouvoir en parler? Pourquoi est-ce comme ça, de toute façon? Pourquoi les gens ne veulent-ils jamais en discuter? Je suis content que tu ailles le voir, poursuivit Joey. Il a besoin de sa famille.

— Alors tu acceptes de me couvrir? Samedi et dimanche? Je serai de retour vers l'heure du souper, dimanche.

— Sans problème. Dis-leur que tu viens jouer avec les Zits et que tu passeras la nuit chez moi. Je ne sors pas de toute façon et je m'assurerai de répondre au téléphone.

— Merci, Joey. J'apprécie réellement.

— Ça me fait plaisir. J'espère que tout se passera bien.

— Prochain arrêt, London, annonça le conducteur.

Anguille s'empara de son sac et attendit que le train ralentisse.

Mais lorsque le train fut entièrement arrêté, il ne bougea pas. Il laissa descendre tous les autres passagers, puis, finalement, il se leva et se dirigea vers la porte.

Il ne vit pas Guillaume tout de suite. En allant vers la gare, il jeta un coup d'oeil à droite et à gauche. Soudain, il le vit. Leur yeux se croisèrent au même moment. Guillaume se dirigea d'un pas rapide vers son frère.

Ils tombèrent dans les bras l'un de l'autre. Pendant un instant, Anguille se raidit, puis il se laissa aller contre l'épaule de Guillaume, les yeux brillants.

Ils restèrent ainsi un bon moment. Anguille voulait que cet instant dure toujours.

Il était plus d'une heure quand Anguille alla se coucher. Il se glissa sous la couverture, heureux et réconforté. Quelle journée formidable! Guillaume lui avait fait visiter le campus de l'université en jeep, puis ils avaient traversé London pour se rendre à son appartement.

— Est-ce que... quel est son nom, déjà? Va-t-il être là?

— Greg, répondit Guillaume. Non, il a préféré s'absenter pour que nous puissions nous retrouver.

Anguille soupira de soulagement.

— Mais tu risques tout de même de le rencontrer, poursuivit Guillaume. Il devrait rentrer tard ce soir ou demain matin.

Lorsque Guillaume ouvrit la porte de son appartement, Anguille éclata de rire. Au moins sur un point, son frère n'avait pas changé. Quel désordre!

— Je sais, rétorqua Guillaume. J'espérais que Greg serait mieux que moi, mais il est pire. Fais le tour, je vais préparer quelque chose à manger.

Anguille remarqua qu'il y avait deux chambres à coucher. Il se dit, avec un certain soulagement, que son frère et son copain ne devaient sûrement pas coucher ensemble.

Guillaume demanda des nouvelles de leurs parents tout en préparant des sandwiches au thon.

— Maman s'ennuie beaucoup de toi. Je pense qu'elle aimerait bien te revoir, mais papa...

— C'est l'impression que j'avais.

— Je sais que tu lui manques, mais tu le connais... il ne veut pas le montrer. C'est horrible à la maison depuis que tu n'y viens plus, Guillaume. Noël a été épouvantable.

— Je n'ai pas eu un très beau Noël, moi non plus, avoua Guillaume.

— Qu'as-tu fait?

— Je suis allé dans la famille de Greg. Ses parents ne savent pas que nous sommes ensemble. Ils ont cru que j'étais un pauvre orphelin, un ami de leur fils qui n'avait pas d'endroit où passer Noël.

— Pourquoi Greg ne leur en a-t-il pas parlé? s'exclama Anguille avec une pointe de colère dans la voix. Ce n'est pas bien de leur mentir de la sorte.

Guillaume, stupéfait, regarda Anguille, puis éclata de rire.

— Nous avions décidé de tout dire, expliqua-t-il. C'est moi qui l'ai fait le premier et, vu les résultats, Greg a eu peur que ses parents réagissent de la même façon que les nôtres. Je ne peux pas le blâmer. Que dirais-tu d'aller faire quelques paniers de basket-ball à l'université?

— Super! s'écria Anguille. Je vais pouvoir te montrer tout ce que j'ai appris.

Ils jouèrent près de deux heures, puis ils allèrent souper au restaurant universitaire avant d'aller au cinéma. Quelle journée fantastique! se disait Anguille. Ils avaient fait plein de choses ensemble, seuls tous les deux. Comme au bon vieux temps.

Il lui tardait d'être au lendemain. Greg n'était pas encore rentré. Il arriverait probablement la journée suivante quand ils seraient peut-être sortis...

«J'ai pris la bonne décision, pensa-t-il. Je suis content d'être venu.»

Épuisé, il ferma les yeux et dormit comme une souche. Mieux qu'il ne l'avait fait depuis des mois.

Il se réveilla en sursaut. Le soleil entrait à flots par la fenêtre. Il regarda sa montre. Dix heures! Anguille ne dormait jamais si tard. Il se leva précipitamment. Son train était à quinze heures. Il lui restait moins de cinq heures à passer avec son frère. Il se doucha rapidement et se dit, en enfilant son jean et sa chemise, qu'il préparerait un gros déjeuner. Un vrai festin avec des oeufs, du bacon, du fromage...

Il n'y avait aucun signe de vie dans l'appartement.

Anguille était tout excité. Guillaume ne verrait aucun inconvénient à ce que son frère le réveille, il en était certain. Il frappa doucement à la porte et entra.

Anguille demeura figé. Son frère n'était pas seul. Après un instant, il ressortit en claquant la porte. Tout allait si bien. Pourquoi fallait-il que ce type revienne ?

La porte de la chambre se rouvrit devant Guillaume qui lui lançait un regard glacial.

— Qu'est-ce que ça signifie ? fit-il d'une voix furieuse. Tu sais que je vis avec un autre gars. Que je l'aime. Que croyais-tu ? Que nous étions juste de bons amis ?

Sur ce, Greg sortit de la chambre.

— Ne vous dérangez pas pour moi, dit-il. Je vais me doucher.

— Lorsqu'il va sortir de la salle de bains, précisa Guillaume, je veux que tu sois correct avec lui. Tu es chez nous. Je n'accepterai aucune remarque désobligeante de ta part. C'est bien compris ?

Ils déjeunèrent tous les trois en silence. Anguille étudiait Greg du coin de l'oeil. Il n'avait pas l'air homosexuel. Il ne zozotait pas et ne se dandinait pas en marchant. Il avait l'air normal.

— J'ai pensé que nous pourrions aller voir l'exposition d'automobiles après le déjeuner, finit par dire Guillaume.

— Toi et les voitures, ronchonna Greg. Bon, je t'ai traîné à la galerie d'art la semaine dernière. Je peux bien faire un effort cette fois-ci.

— Je crois qu'il faut que je fasse la file, dit Anguille

à son frère tandis qu'il attendait son train. Ç'était bien de te revoir, Guillaume.

— Moi aussi, j'ai bien aimé.

— Pourquoi préfères-tu les gars? demanda soudain Anguille. Pourquoi préfères-tu coucher avec un gars plutôt qu'une fille?

— Ce n'est pas juste une question de sexe, répondit Guillaume. Le sexe joue une bien petite partie dans tout ça. Il y a les sentiments, l'amour. L'identité. J'aime Greg. Je me sens bien auprès de lui. Je suis heureux.

— Mais tu as toujours été heureux, répliqua Anguille.

— Tu vas être en retard, fut tout ce que Guillaume lui dit.

Anguille ouvrit la portière de la jeep et descendit.

— Merci de ton hospitalité, dit-il en prenant son sac et en refermant la portière.

Guillaume descendit à son tour et se dirigea vers Anguille. Ils s'enlacèrent, mais ce fut bref et quelque peu distant.

Guillaume remonta dans la jeep tandis qu'Anguille se dirigeait vers la gare.

— Arch? cria Guillaume. Je ne l'étais pas, tu sais.

— Quoi donc? demanda Anguille.

— Heureux. Je n'étais pas toujours heureux.

Guillaume fit tourner le moteur et s'éloigna doucement.

CHAPITRE 23

Plus tard, dans la soirée, Anguille transporta le téléphone dans sa chambre et appela son ami Joey.

— Tes parents n'ont pas téléphoné, lui dit Joey.

— Ils m'ont tout simplement demandé si j'avais passé une bonne fin de semaine, répondit Anguille.

— Et alors ?

Anguille fit une pause avant de répondre.

— Samedi, c'était super. Aujourd'hui, moins bien.

— Pourquoi ?

— Je l'ai rencontré.

— Et puis ? Est-il efféminé ? Ennuyeux ?

— Non, pas du tout. C'est juste l'idée, tu comprends ?

— Je crois.

— Tu trouves que j'exagère ?

— Je n'ai jamais dit ça.

— Mais tu le penses ?

— Non, je ne le pense pas.

— C'est compliqué, finit par avouer Anguille. Je dois te laisser. J'ai beaucoup de travail à faire pour demain. Merci beaucoup pour tout, Joey.

Anguille raccrocha le récepteur, remit le téléphone à sa place et s'empressa de défaire son sac de voyage. Il y avait quelque chose dans la poche sur le côté. C'était *Bonheur d'occasion,* un livre de Gabrielle Roy. Anguille l'ouvrit. Il y avait une note à l'intérieur.

« C'est un de mes livres préférés. L'histoire n'est pas très drôle, mais c'est superbement écrit. J'espère que tu l'aimeras. Greg »

Ce soir-là, Anguille s'étendit sur son lit, tout habillé. Les paroles de Guillaume lui trottaient dans la tête. « Je n'étais pas toujours heureux, tu sais. » Était-ce vrai? Il repensa au temps où il partageait sa chambre avec son frère. En faisant un effort pour bien se souvenir, cette fois-ci, il se rappelait avoir effectivement entendu son frère sangloter dans le noir. Et à plusieurs reprises. Il avait aussi souvent vu, à différentes occasions, un voile tomber sur le visage de son frère. Et il avait alors l'impression que Guillaume se retirait dans un monde bien à lui.

Soudain Anguille se rendit compte que son frère n'avait plus le même regard maintenant. Il ne fuyait plus. Il se renversa sur le côté, se sentant étrangement calme. Pour la première fois, il savait ce qu'il devait faire.

CHAPITRE 24

Le lendemain matin, Anguille se leva très tôt et sortit courir. Le printemps était presque arrivé et le matin était superbe. Le ciel était bleu et une brise tiède soufflait.

Lorsqu'il rentra chez lui, il se lava rapidement et se vêtit pour aller à l'école en prenant le temps de s'examiner dans le miroir.

Il était tout en muscles. Même ses taches de rousseur semblaient moins marquées.

Il descendit. Ses parents déjeunaient dans la cuisine. Pendant un instant, Anguille eut l'impression que son calme le quittait. Il s'installa à table, saluant ses parents d'une voix tremblante. Puis il inspira profondément.

— Maman? Papa? Il faut que je vous parle.

— Ouf! fit sa mère. Cela fait des mois que tu ne nous as pas parlé.

— De quoi s'agit-il? demanda son père.

— J'ai discuté avec Guillaume, avoua Anguille en avalant sa salive.

— Tu lui as téléphoné? demanda son père après une courte pause.

— Hum, hum.

— Pourquoi?

— Je m'ennuyais.

— Bien sûr, c'est tout à fait naturel, fit sa mère en regardant son mari.

— A-t-il changé d'idée? demanda son père, une lueur d'espoir dans les yeux.

— Non, et il ne le fera pas, répondit Anguille.

— Comment peux-tu affirmer une telle chose en lui ayant téléphoné une seule fois? demanda son père.

— Parce que je ne lui ai pas seulement parlé. Je suis allé le voir cette fin de semaine.

— Comment as-tu pu nous mentir ainsi? s'écria son père, le visage rouge comme une tomate.

— Je savais que vous m'auriez interdit d'y aller, répliqua Anguille en s'attendant au pire.

— Tu as raison, admit tout simplement son père en s'appuyant contre le dossier de sa chaise et en regardant la paume de ses mains.

— Vous lui manquez tellement! s'exclama Anguille.

— Il me manque aussi! répondit sa mère. Et je sais qu'il te manque à toi aussi, mon chéri, ajouta-t-elle en s'adressant à son mari. Il est toujours notre fils et je ne peux m'empêcher de l'aimer. Et nous voulons qu'il soit heureux, non? N'est-ce pas tout ce qui compte?

— Ça n'est pas si facile, soupira son père.

— Non, admit-elle. Mais faut-il pour cela l'ignorer?

Anguille jeta un coup d'oeil à l'horloge.

— Oh, je dois partir !

— Va. De toute façon, ton père et moi devons discuter en privé, dit sa mère.

— Nous reparlerons de tout ça ce soir, jeune homme, lança son père juste avant qu'il referme la porte. Pas de sorties pendant deux semaines pour nous avoir menti.

Anguille soupira. Ç'aurait pu être tellement pire.

Anguille l'observa pendant tout le cours d'anglais. Lorsque la cloche sonna, il se précipita à la porte pour l'attendre.

Alonzo prit tout son temps pour rassembler ses livres. Lorsqu'il arriva près de la porte, Anguille l'aborda.

— Nous devons discuter, lui dit-il.

— Je ne pense pas, répondit Alonzo en passant devant lui non sans lui avoir jeté un regard dégoûté.

— Bien, fit Anguille en lui emboîtant le pas. Je vais parler. Tu n'auras qu'à m'écouter.

Alonzo ne se retourna pas et poursuivit son chemin.

— Tu te souviens de la question que tu m'as posée lors de notre dernière conversation ? Je voulais te dire que ma réponse, c'est oui.

Alonzo resta figé.

— Je voulais te dire que même si tu étais homosexuel, je serais ton ami.

Alonzo se retourna lentement et regarda Anguille. Rien ne filtrait dans son regard.

— Je serais tout de même ton ami, répéta Anguille. C'est tout ce que je voulais te dire.

Il serra l'épaule d'Alonzo, puis il se retourna et s'éloigna.

CHAPITRE 25

Quelques semaines plus tard, Anguille assistait à son cours d'histoire, très agité, tandis que son professeur donnait les résultats de l'examen.

La remise des trophées sportifs aurait lieu dans une semaine et il devait réserver ses billets avant la fin de la journée s'il voulait y aller.

Il n'arrivait pas à se faire une idée. Chaque joueur pouvait amener trois invités et la coutume voulait que les parents et la petite amie soient invités.

Il n'y avait aucun problème en ce qui concernait les parents, mais pour la petite amie, c'était autre chose. Il préférait ne pas y aller du tout s'il n'était pas accompagné.

— Bon travail, Anguille, dit le professeur d'histoire. C'est le genre de travail dont tu es capable.

Anguille prit sa feuille d'examen. Un grand A y était tracé en rouge.

— Super! murmura-t-il.

La cloche sonna. Anguille ramassa ses livres et se précipita dans le couloir. En s'approchant de son casier, il remarqua que quelqu'un était appuyé contre la porte.

Tamara.

— Bonjour, Anguille, dit-elle en souriant.

C'était la première fois, depuis qu'il la connaissait, que son cœur ne battait pas la chamade en lui parlant.

— Tu as les cheveux roux maintenant?

— Oui, c'est la toute dernière mode. Mais peux-être que tu préfères les blondes?

— Si toi tu aimes ça, c'est tout ce qui compte, répondit-il.

— Probablement, dit-elle, sans paraître convaincue.

Anguille l'observa pendant un instant. «Nous avons beaucoup plus en commun que je ne le pensais, se dit-il. Elle est aussi peu sûre d'elle que je ne le suis de moi-même.»

— Écoute, je me demandais… la remise des trophées approche. J'aimerais vraiment y aller…

— Et Tom? N'est-il pas en quelque sorte ton petit ami?

— Non, il ne l'est plus, fit-elle en fronçant son nez. Il est parfois tellement désagréable.

— Vraiment? Je ne l'ai jamais remarqué, lança-t-il d'un ton sarcastique.

— Je pourrais peut-être t'accompagner pour cette fête? suggéra-t-elle.

Anguille la regarda. Elle était comme avant, même avec ses cheveux roux, mais, sans savoir pourquoi, il ne la trouvait plus aussi jolie.

Peu de temps auparavant, il aurait sauté de joie et il était encore tenté d'accepter. Il s'imaginait faisant son entrée avec Tamara Hastings à son bras… Le regard des autres garçons… Le regard de Tom…

— Alors ? Qu'en dis-tu ? demanda-t-elle d'une voix légèrement chantante.

— Merci d'avoir pensé à moi, répondit-il d'un ton doux. Vraiment. Mais ça ne m'intéresse pas.

— Pourquoi ? demanda-t-elle en écarquillant les yeux, les lèvres tremblantes.

Soudain, la réponse s'imposa à lui.

— Parce que j'y vais déjà avec quelqu'un.

CHAPITRE 26

Le gymnase était bondé. Les tables avaient été réunies pour former de longues rangées au milieu de la pièce et des chaises étaient placées de chaque côté. Un buffet était offert sur une table placée contre le mur. Anguille pouvait sentir la bonne odeur du rôti de boeuf.

Il y avait aussi la table des trophées derrière laquelle était installée une chaîne stéréo. À la fin de la cérémonie de la remise des trophées, le DJ installerait son équipement et la fête commencerait vraiment.

Anguille portait un costume bleu nuit neuf et la chemise que Guillaume lui avait offerte à Noël.

— Hé, Anguille! s'écria Benoît en lui donnant une tape dans le dos. C'est super que tu sois là.

— Beau costume! entendit-il dire.

Anguille leva les yeux et vit Alonzo.

— Il est neuf, répondit-il.

— Peu importe, il te va vraiment bien, précisa-t-il en regardant Anguille dans les yeux pour lui faire comprendre qu'il était sincère.

— Salut, les gars! s'exclama Tom en arrivant suivi

de son fan club : Bob, Marco et, bien entendu, Tamara.

Puis, sans attendre, il s'en prit à Alonzo.

— Ça suffit ! dit Anguille d'une voix tranchante.

Tom le regarda d'un air surpris.

— Qu'est-ce que tu as dit ?

— Je t'ai dit de te taire, répéta Anguille après avoir pris une grande inspiration.

— Oh, c'est vrai, s'écria Tom après une fraction de seconde. J'avais oublié qu'Alonzo était ton petit ami.

— Tu es tellement désagréable, poursuivit Anguille avec colère. Tu n'es qu'un ignorant.

Tous en restèrent bouche bée, même Alonzo.

Bob et Marco entourèrent Tom dont les yeux n'étaient plus qu'une mince fente.

— Excuse-toi, fit-il en pointant son doigt vers la poitrine d'Anguille. Excuse-toi immédiatement.

D'un geste vif, Anguille repoussa son doigt.

— Ne me touche pas, lança-t-il. Nous avons trop longtemps entendu tes conneries. J'en ai assez de tes remarques stupides.

Tom serra le poing et s'apprêta à foncer sur Anguille.

Soudain, Benoît avança d'un pas et contra le coup.

— Je ne sais pas ce que vous en pensez, les gars, dit-il, mais je trouve qu'Anguille a raison. J'en ai assez, moi aussi.

Tom regarda Benoît, surpris. Luc se rangea aussi du côté d'Anguille. Tom promena son regard d'un visage à l'autre.

— Voyons, les gars, je ne faisais que blaguer.

— Mais ce n'est pas drôle, fit Anguille.

— Mais qu'est-ce que vous avez, tous? dit Tom qui n'en revenait pas. Vous prenez tout trop au sérieux. Viens, ajouta-t-il en prenant Tamara par le bras. Allons nous asseoir.

— Tu as été super! s'exclama Benoît. Je n'ai jamais aimé ce gars.

Anguille commença à se détendre. Il se rendit compte que ses genoux tremblaient.

— Je ne te remercierai pas, lui dit Alonzo en lui donnant une tape amicale dans le dos, parce que je sais que tu ne l'as pas fait pour moi, mais pour toi. De plus, ajouta Alonzo, je peux me défendre tout seul.

— Ça, je le sais! répondit Anguille en riant.

— Et qui t'accompagne, ce soir? demanda Luc en changeant de sujet.

— Personne, vraiment. Mais j'ai invité quelqu'un que vous aimerez sûrement connaître. Suivez-moi.

Anguille les conduisit jusqu'à sa table.

— Je vous présente ma mère... mon père... et mon frère, Guillaume.

— Guillaume Simpson! s'écria Benoît. Si seulement on t'avait connu plus tôt, tu aurais pu nous montrer un truc ou deux, cette année.

— J'ai entendu dire que vous vous étiez très bien débrouillés sans moi, répliqua Guillaume en riant.

— Pourriez-vous tous regagner vos places s'il vous plaît? demanda M. Raditch qui présidait la soirée.

Anguille s'assit près de Guillaume.

Lorsqu'il avait appelé son frère, ce dernier s'était inquiété de la réaction de ses parents.

— Maman aimerait bien que tu viennes, avait dit

Anguille. Papa n'est pas chaud, mais maman lui a demandé de faire un effort. Ce ne sera pas une fin de semaine facile.

— Au moins c'est un début, avait répliqué Guillaume.

Guillaume était arrivé la veille au soir. Le souper s'était déroulé sans discussion. Le soir, lorsqu'ils s'étaient retrouvés dans leur chambre, Guillaume et Anguille avaient longuement discuté. Guillaume avait expliqué à son frère comment il s'était rendu compte qu'il était homosexuel.

Anguille confia à son frère qu'il lui arrivait d'être attiré par les filles, mais parfois aussi par les gars.

— C'est tout à fait normal, avait répondu Guillaume. Ce qui compte, c'est d'être heureux et d'être toi-même. Et en ce qui te concerne, peu importe ce que tu deviens, je suis persuadé que ça me plaira.

— Archie, c'est ta catégorie, fit Guillaume en donnant un coup de coude à son frère.

— … le meilleur joueur de basket-ball de Degrassi… le gagnant est Archie Simpson, mieux connu sous le nom d'Anguille.

Pendant un moment, Anguille resta figé sur sa chaise. Ses amis lui firent une ovation.

— Vas-y! souffla Guillaume en poussant Anguille et en riant.

Anguille avait l'impression de flotter sur un nuage lorsqu'il se dirigea vers la table pour recevoir son trophée. Il regarda dans la salle et vit que tous lui souriaient.

Lorsqu'il revint à sa table, sa mère le serra contre elle.

— Je suis tellement fière de toi, s'écria-t-elle. Je suis tellement fière de mes deux gars !

— Mes félicitations, fiston, lui dit son père en lui tendant la main.

Le DJ prépara son équipement.

— Nous allons rentrer, dit sa mère. Ton père et moi devons discuter avec Guillaume.

— On peut te laisser seul ? Tout est sous contrôle ? demanda Guillaume.

— Oui. Il y a quelqu'un que je dois voir.

Il embrassa ses parents, puis se tourna vers Guillaume.

— C'est grâce à toi si j'ai gagné ce trophée, lui dit-il.

— Non, répondit Guillaume. C'est grâce à toi-même. C'est toi qui a fait tout le travail.

Lorsqu'ils furent partis, Anguille regarda dans la salle. C'est alors qu'il la vit.

Il se dirigea vers elle. Ses cheveux retombaient souplement sur ses épaules. Anguille la trouva belle, très belle.

— Bonjour, Mélanie.

— Anguille, dit-elle, surprise.

— Je te félicite pour ton trophée en natation.

— Je te félicite, moi aussi.

— Je sais que je n'ai pas été correct, ajouta Anguille en regardant la pointe de ses souliers. Et il y a bien des choses que je voudrais te dire…

Il s'arrêta et lui offrit un livre. Le même livre que Greg lui avait offert.

— J'espère que tu ne l'as pas lu, dit-il. C'est très bien. Un peu déprimant, mais bon. C'est un cadeau de Noël en retard.

— Un cadeau de Noël au mois de mai, quelle idée géniale ! s'exclama Mélanie en rougissant.

— Je me demandais, poursuivit Anguille, si tu accepterais de danser avec moi.

— J'aimerais bien ça, répondit Mélanie en souriant.

En arrivant sur le plancher de danse, Anguille se sentait plutôt gauche. Mais Mélanie se mit aussitôt à bouger en suivant le rythme. Anguille ne tarda pas à l'imiter. Et il se sentait bien. Merveilleusement bien.

Il se rendit compte qu'il n'accordait aucune importance à ce que les autres pensaient.

Notes sur l'auteure

Née en 1964, Susin Nielsen a élu résidence à Toronto, en compagnie de deux gros chats. Elle a reçu son diplôme de *Ryerson Television Arts Program* en 1985.

Depuis deux ans, Susin a écrit maints textes pour la série télévisée DEGRASSI, où elle a occasionnellement joué le rôle de Louella, la concierge.

Lorsque ses loisirs le lui permettent, elle explore l'actualité cinématographique et musicale à Toronto, dévore des tas de livres et voyage énormément. Elle est également l'auteure de *Jean,* et de *Mélanie* de la série DEGRASSI.

Dans la même collection

- Joey Jeremiah
- Sortie côté jardin
- Lucie
- Stéphanie Kaye
- Mélanie
- Épine
- Jean
- Catherine
- Louis
- Benoit
- Maya
- Anguille

 ACHEVÉ   D'IMPRIMER
EN   JANVIER   **1993**
SUR LES PRESSES DE
PAYETTE & SIMMS INC.
À SAINT-LAMBERT, P.Q.